Einfluss

Johanna Knaus
Simon Mraz
Sabine Pelzmann
Florian Schlemmer
Carola Schneider

übermorgen

KREMAYR & SCHERIAU

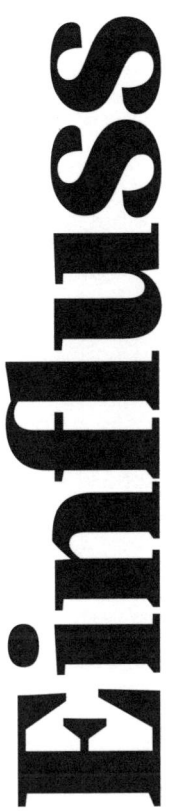

Einfluss

Johanna Knaus
Simon Mraz
Sabine Pelzmann
Florian Schlemmer
Carola Schneider

Inhalt

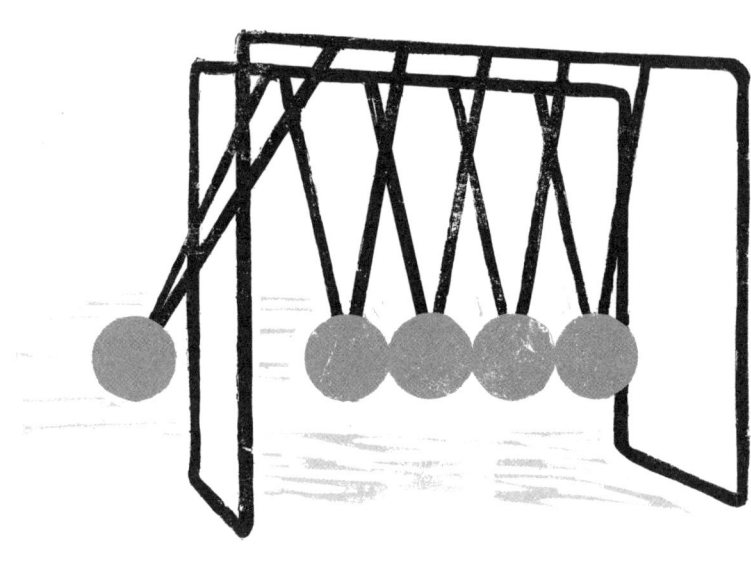

Unser Einfluss – eine multiperspektivische Einleitung

Wir alle leben in einer krisengeschüttelten Welt und sehen uns täglich mit einer Informations- und Meinungsflut konfrontiert. Unser Zusammenleben fühlt sich immer komplexer an, die ökologischen, ökonomischen und sozialen Umwälzungen und die exponentiellen technischen Entwicklungen bringen unsere zerebralen Aufnahme- und Verarbeitungsfähigkeiten an ihre Grenzen.

Die Fülle der auf uns einprasselnden Sichtweisen und Meinungen, aber auch Ereignisse, die außerhalb unseres Einflussbereichs liegen, wie internationale Konflikte oder beispielsweise die Corona-Pandemie, lassen uns oft mit einem Ohnmachtsgefühl zurück: Was kann ich selbst in dieser komplexen Welt bewirken? Wem darf ich Glauben schenken? Welche Entscheidungen sind zu treffen? Was passiert, wenn ich mich falsch entscheide? Hat es denn im Angesicht all der Krisen überhaupt einen Sinn, sich für seine Vorstellungen zu engagieren?

Wir fünf Autor:innen haben uns vor dem Hintergrund dieser und unzähliger anderer brennenden Fragen zusammengefunden, um uns mit unserem individuellen Einfluss auseinanderzusetzen. Auf Basis unserer unterschiedlichen beruflichen Felder haben wir fünf sehr persönlich und auch entlang unseres individuellen Verständnisses unserer Berufstätigkeit und unserer Werthaltungen die Möglichkeiten – und auch die Grenzen – unserer Einflussnahme reflektiert.

Wir möchten unseren Leser:innen mit diesem Buch Mut machen, selbst Einfluss zu nehmen, sich einzubringen und den eigenen Gestaltungsbereich zu nützen. Das halten wir für eine Conditio sine qua non, um den aktuellen Problemen unserer Gesellschaft konstruktiv entgegentreten zu können und das eigene Leben selbst zu gestalten, anstatt von äußeren Ereignissen und Sichtweisen „getrieben" zu sein.

Einfluss zu nehmen ist für uns eine individuelle Verantwortung, aber auch ein dialogisches und gemeinsames Unterfangen. Deshalb ist das Schlusswort dieses Buches aus einem gemeinsamen Gespräch von uns Autor:innen an einem sonnigen Nachmittag am Wörthersee hervorgegangen. Die Beschäftigung mit unseren Möglichkeiten hat uns mehr Klarheit über den Horizont unserer Einflussnahme gebracht.

Und diese Beschäftigung hat uns außerdem dazu inspiriert, unseren Einfluss zu leben – in dem Bewusstsein, dass es um das richtige Maß des Einflusses geht und dass diesem zuweilen auch Grenzen gesetzt sind.

Vielleicht ergeht es Ihnen wie uns!

Werben mit Haltung

Johanna Knaus

Die Themen Einfluss und Einflussnahme begleiten mich in unterschiedlicher Weise schon lange. Im Zuge meines Studiums waren es sozial- und wirtschaftspsychologische Theorien, mit denen ich mich auseinandersetzte. Dann kam der Sprung in die Praxis. Ich begann, als Kundenberaterin in einer Werbeagentur zu arbeiten und beschäftigte mich ab dem Zeitpunkt berufsimmanent ständig mit diesen Themen. Der folgende Beitrag soll aber weder ein Rezitieren psychologischer Fachliteratur darstellen noch die Faktoren der Einflussnahme in der Werbung beschreiben. Warum auch? Dazu gibt es haufenweise Literatur. Und dass es in der Werbung um Beeinflussung geht, ist nun beileibe nichts Neues. Denn Beeinflussung ist dort das ureigene Ziel, der Zweck dieses

Berufszweigs. So sollen potenzielle Konsument:innen durch positive Assoziationen über Werbebilder dazu angeregt werden, eine bestimmte Marke, ein Produkt oder eine Dienstleistung zu kaufen. In den sozialen Medien trägt der „Influencer" die Beeinflussung sogar ganz unverfroren im Namen. Mein Beitrag soll aber auch keine wissenschaftliche Abhandlung des Einflusses aus psychologischer Sicht sein, sondern meine persönlichen Gedanken dazu widerspiegeln – also eine individuelle Reflexion meiner persönlichen Einflussnahme.

Ich beschreibe hier meine Formen der Einflussnahme im beruflichen Umfeld. Diese finden zwar im spezifischen Kontext einer Werbeagentur statt, lassen sich aber (so hoffe ich) auch auf andere Arbeitsfelder übertragen, wo Menschen in Teams zusammenarbeiten. Ich möchte mich auf die positiven, konstruktiven Aspekte von Einflussnahme konzentrieren, mir meine dahingehenden Möglichkeiten und Erfahrungen genauer ansehen und kritisch reflektieren. Folgende Fragen stehen im Zentrum: Was bedeutet Einfluss bzw. Einflussnahme für mich? Wo kann ich Einfluss nehmen? Wie nehme ich Einfluss? Wo wird auf mich Einfluss genommen und wie kann ich mich davon abgrenzen?

Einfluss nehmen! Will ich das überhaupt?

Einfluss und Einflussnahme finden in vielen Kontexten und auf vielen Ebenen statt – privat, beruflich, gesellschaftlich, medial. Wir Menschen sind, in Gesellschaft lebend, tagtäglich unterschiedlichsten Einflüssen ausgesetzt. In Paarbeziehungen und Freundschaften, in der Familie und im beruflichen Umfeld. Abseits dieser direkten Interaktionen sind wir klarerweise auch durch die Inhalte unterschiedlichster Medien, die wir konsumieren, beeinflusst: von Zeitungen und Büchern, von Filmen und Serien, von diversem Online- und Social Media-Content. Und auch davon, wo wir leben und wie wir aufgewachsen sind.

In jeder Interaktion, die wir mit Menschen eingehen, sei es in einer kollegialen, freundschaftlichen oder partnerschaftlichen, werden wir nicht nur beeinflusst, sondern nehmen selbst auch Einfluss. Auf Stimmungen, Einstellungen, Meinungen und Handlungen anderer. Das tun wir durch die Dinge, die wir sagen oder auch nicht sagen. Manchmal kann auch schon unsere bloße Anwesenheit ausreichen, um eine Situation zu beeinflussen. Im Grunde ist jede:r von uns von jeder:jedem beeinflusst und diese Interdependenz (gegenseitige Abhängigkeit) ist zentraler Bestandteil menschlicher Natur.[1] Wir kommen dem Einfluss und dem Einflussnehmen also nicht aus. Insofern ist es keine Frage des Wollens. Die Frage, ob ich Einfluss ausüben *will*, stellt sich also gar nicht, weil ich das unbewusst – im Sinne von unbeabsichtigt – ohnehin ständig tue.

Wie sieht es aber mit unserer aktiven, bewussten Einflussnahme aus? Für die können wir uns sehr wohl entscheiden und sie auch entsprechend ausgestalten. Das klingt nun zunächst nicht sehr angenehm, weil damit vielleicht Manipulation und ähnlich Negatives assoziiert wird. Und ja, diese Ausprägungen gibt es natürlich. Ich will mich dem Thema aber über einen konstruktiven Zugang nähern und mich den positiven Aspekten der Einflussnahme widmen. Und ob Einfluss positiv ist oder nicht, hat viel mit der Intention zu tun, mit der wir Einfluss nehmen. Anders ausgedrückt: Es geht um die Haltung, aus der heraus wir Einfluss nehmen. Das *Wie* ist also die entscheidende Frage: Geht es nur um meinen persönlichen Vorteil oder hat der:die andere auch etwas davon? Geht es um Vorteile für das Kollektiv, die Gemeinschaft – oder geht es nur um mich?

Arbeitsfeld Werbeagentur

Um nachvollziehbar zu machen, wie ich in meinem beruflichen Umfeld (positiven) Einfluss nehmen kann, möchte ich diesen Arbeitskontext kurz beschreiben. Wie funktioniert das System „Werbeagentur"? Was sind die Aufgaben der Kundenberatung? Wie ist die Arbeit organisiert und was ist meine Rolle dabei? Auf welchen Ebenen kann ich Einfluss nehmen? Und wo sind Grenzen gesetzt?

Die Rolle und der Stellenwert von Werbeagenturen haben sich im Laufe der Zeit verändert. Vor 20-30 Jahren waren Agenturen unangefochtene Werbeexperten, haben sich auch entsprechend als solche stilisiert und den Kund:innen von oben herab die Regeln und Mechanismen der Werbewelt erklärt. Aus dieser Machtposition heraus hatten sie auch einen entsprechenden Einfluss, der sicher größer war als heute. Und waren damit einhergehend auch freier und unabhängiger bei der Ausarbeitung von Kampagnen. Diese Rolle hat sich unter anderem durch die zunehmende Professionalisierung der Marketingabteilungen auf Kund:innenseite gewandelt. Die Kampagnenbriefings sind sehr viel konkreter geworden. Der Aktionskorridor, in dem man kreativ sein kann, wurde schmaler, die fertige Kampagne muss dafür heute umso schneller fertig sein.

Durch diese Schnelligkeit, den sich verändernden Arbeitsmarkt und die sich wandelnde Arbeitswelt musste und muss sich auch die Art der Zusammenarbeit zwischen Kund:innen und Agenturen ändern. Als problemorientiert-interaktive Dienstleistungsunternehmen[2] zeichnen sich Werbeagenturen heute durch eine enge Zusammenarbeit mit den Kund:innen aus. So liefern diese nicht nur das Briefing für die Kampagne, sondern steuern in weiterer Folge durch ihre Vorstellungen, Wünsche und Feedbacks auch den Prozess der Kampagnenausarbeitung, sind also am Ergebnis durch ihre ständige Einflussnahme beteiligt. Der Interaktion zwischen Kund:innen und Agentur kommt daher eine entsprechend hohe Bedeutung für einen erfolgreichen Abschluss der Dienstleistung (= erfolgreiche Ausstrahlung der Kampagne) zu. Im Gegensatz dazu werden andere Dienstleistungen ohne interaktive Kund:innenbeteiligung finalisiert und konsumiert: z. B. Friseur-, Restaurantbesuch, Autowerkstatt etc. – abgesehen von möglichen kritischen Kommentaren zwischendurch.

Um das Ausmaß dieser Interaktion in meinem Berufsfeld zu verstehen, finde ich es auch wichtig, die innere Struktur einer Werbeagentur zu kennen.

Eine Werbeagentur besteht aus zwei relevanten Säulen: Kreation und Kundenberatung. Der Kreation stehen die Creative Directors (CDs) vor. Sie treffen die finalen Entscheidungen über den kreativen Output und führen ihre Teams, die in den Bereichen Grafikdesign, Art Direction, sowie Text und Konzeption arbeiten. Die Kundenberatung auf der anderen Seite ist die direkte Schnittstelle zwischen Kund:innen und Agentur, bei ihr laufen alle Fäden zusammen. Als Berater:in agiert man auf drei Ebenen: 1. intern mit der Kreation (und anderen am Prozess beteiligten Personen), 2. extern mit Kund:innen (Auftraggeber:innen) und 3. mit verschiedenen Partner:innen und Lieferant:innen: Media- und Digitalen Agenturen, Digitalen Partner:innen, Fotograf:innen,

Filmproduktionen, Tonstudios, Illustrator:innen, Programmierer:innen, Bildretuscheur:innen etc.

Ich habe also den ganzen Tag mit Menschen zu tun. Interagiere und kommuniziere auf unterschiedlichsten Ebenen und Kanälen: in Live- und Online-Meetings, per Telefon und Mail sowie in diversen, informellen Gesprächen mit Kolleg:innen zwischendurch. Dabei agiere auch ich selbst in unterschiedlichen Rollen: als Dienstleisterin gegenüber den Kund:innen, als Führungskraft im Beratungsteam, als Projektmanagerin gegenüber der Kreation, als Auftraggeberin gegenüber Tonstudios und Filmproduktionen, als Kollegin im Agenturgefüge, als Mitarbeiterin gegenüber der Geschäftsführung etc. Ich arbeite mit vielen unterschiedlichen Personen zusammen, die unterschiedlichste Bedürfnisse haben. Und bin, in diesem intensiven Austausch mit Menschen, auch vielen Emotionen ausgesetzt. So schön und bunt und schillernd das Agenturleben oft sein kann, so fordernd und anstrengend ist es gleichzeitig auch. Neben dem ständigen, vielfältigen Kommunizieren ist der Großteil meines Arbeitstages durch die Aufträge und Wünsche der Kund:innen strukturiert, also fremdbestimmt. Denn die formalen Rahmenbedingungen, vor allem die Timings, sind klar vorgegeben, müssen eingehalten werden und treiben den Tag voran. Was kann ich in dem System „Werbeagentur" selbst bestimmen? Wo kann ich selbstbestimmt agieren?

Ich nehme täglich Einfluss

Einfluss zu nehmen ist ein notwendiger Teil meiner täglichen Arbeit, da die erforderlichen Resultate (eine erfolgreiche Kampagne zu produzieren und zufriedene Kund:innen zu haben) sonst nicht zu erreichen wären. So müssen wir (mein Team und ich) Kund:innen davon überzeugen, einen bestimmten Weg einzuschlagen, nicht zu viel Zeit in Entscheidungsprozessen zu verlieren und die Kampagnen zu kaufen, damit wir sie umsetzen können. In der Umsetzung der Kampagnen müssen wir steten Einfluss darauf nehmen, dass Deadlines eingehalten werden, dass eine Kampagne rechtzeitig freigegeben wird, dass Layouts rasch und zeitgerecht überarbeitet werden. Außerdem müssen wir als letzte Kontrollinstanz auf die Kreation einwirken, dass das Kundenfeedback korrekt eingearbeitet wurde, dass sich keine Fehler eingeschlichen haben etc.

Ich leite ein Team mit mehreren Personen und muss daher auch als Führungskraft aktiv werden. Führung ist ein Interaktionsprozess, in dem eine absichtlich soziale Einflussnahme von Personen auf andere Personen erfolgt, mit dem Ziel, gemeinsame Aufgaben im Arbeitskontext zu erfüllen.[3] Ich muss also Einfluss auf Aufgabenverteilungen und den Aufbau von Strukturen nehmen, sowie bestimmte Prozesse definieren. Auch muss ich Einfluss darauf ausüben, dass einzelne Projekte nicht nach einem stereotypen Muster abgearbeitet, sondern projektspezifisch behandelt werden. Oder, dass wir proaktiv nach Lösungsvorschlägen suchen bzw. dass wir aus Agentursicht andere Perspektiven auf bestimmte Themen einbringen.

Ich wirke kurz gesagt im Zuge der jobimmanenten Aufgaben und klassischen Führungsaufgaben auf mein Umfeld ein, um die kleinen und großen Arbeitsziele im Joballtag zu erreichen. Ein Einfluss also, den ich nicht nur wahrnehmen kann, sondern wahrnehmen muss. Aber es geht nicht nur darum, *dass* man diese Arbeitsziele erreicht, sondern auch darum, *wie* man sie erreicht. Denn *wie* man das Arbeitspensum bewältigt und *wie* man dabei auf sein Umfeld einwirkt, finde ich ungleich relevanter. Agiere ich direktiv oder kooperativ? Werde ich laut oder versuche ich auch in Konfliktsituationen, sachlich zu bleiben? Suche ich den Streit oder das Gespräch? Es geht also um die Qualität der beruflichen Zusammenarbeit, die ich mittels persönlicher Einflussnahme steuere. Denn diese kann ich selbst bestimmen!

Entscheidend ist die Haltung

Die Art, das Wie der persönlichen Einflussnahme ist ganz stark durch die Haltung bestimmt, die wir anderen gegenüber haben bzw. einnehmen. Wie nehme ich mein Gegenüber (meine Kolleg:innen) wahr? Wie trete ich anderen (meinen Kund:innen) gegenüber? Die Haltung, mit der ich in Interaktionen gehe, bestimmt, wie ich mich in weiterer Folge verhalte und kommuniziere. Sie zeigt sich darin, wie ich ein Gespräch führe, ein Problem bespreche, einen Konflikt austrage und Entscheidungen treffe. Die Haltung hängt eng mit der Persönlichkeit zusammen, ist beeinflusst von den Erfahrungen, die man gemacht und den Lebensanschauungen, die man entwickelt hat und die sich in der Akzeptanz und Wertschätzung einem selbst und anderen gegenüber äußern. Sehr relevant ist auch, wie wir die Beziehung zu unserem Gegenüber definieren. Definieren wir sie als ebenbürtig, als symmetrisch, dann kommunizieren wir auf Augenhöhe. Oder definieren wir sie als ungleichwertig, als komplementär, dann kommunizieren wir von oben nach unten (oder unten nach oben).[4]

Der Haltung liegen bestimmte Menschenbilder zugrunde. Meine persönliche Haltung definiere ich wie folgt: Ich habe einen positiven, genuin freundlichen Blick auf die Welt, eine offene Grundhaltung den Menschen gegenüber und bin interessiert am:an der Anderen. Ich möchte dem:der Anderen nicht misstrauisch, sondern möglichst unvoreingenommen begegnen. Diese Haltung bestimmt maßgeblich mein Verhalten und dadurch nehme ich Einfluss auf die Qualität des Arbeitsklimas und die Qualität des Zusammenarbeitens.

Die Qualität der Zusammenarbeit

Die Intention, das Ziel meiner persönlichen Einflussnahme im Arbeitsumfeld ist es, die Qualität des Zusammenarbeitens hochzuhalten. Und das tue ich, indem ich mich meiner Haltung entsprechend verhalte. Und zwar sowohl den Kolleg:innen in der Kreation, als auch den Personen auf Kundenseite gegenüber.

Mein Verhalten im Arbeitsalltag, mein Bemühen um eine konstruktive Zusammenarbeit hat automatisch auch einen positiven Effekt auf das Arbeitsklima und wirkt als Gegengewicht zum täglichen Arbeitspensum. Gerade im zeitweise sehr hektischen Berufsfeld Werbung ist es wichtig darauf zu achten, wie wir miteinander umgehen. Also den Druck rauszunehmen, der durch die engen Deadlines entsteht, und nicht noch zusätzlichen sozialen Stress reinzubringen. Weil es für ein gutes und gesundes Arbeitsklima eben auch relevant ist, wie sich das gemeinsame Arbeiten anfühlt. Man verbringt ja sehr viel Zeit miteinander (und auch im Home-Office arbeitet man zusammen). Mein Ziel ist es, eine Arbeitsatmosphäre zu schaffen, in der es zwischenmenschlich passt, man gern zusammenarbeitet und aufeinander achtet. Wenn man entspannt miteinander kommunizieren kann, schafft man ein Gegengewicht zum fordernden, aufreibenden, intensiven Arbeitsalltag. Statt sich also gegenseitig anzufahren und laut zu werden, ist es besser, zu versuchen, den eigenen arbeitsbedingten Stress nicht auf andere zu übertragen, freundlich und gelassen zu bleiben und etwas Ruhe in die Hektik hineinzubringen.

Die Beziehungsebene

Ein wichtiger Teil unseres Umgangs miteinander ist die Art, wie wir miteinander reden. Was natürlich voraussetzt, *dass* wir miteinander reden. Also nachfragen, aktiv zuhören, auf den:die Andere:n reagieren, im Austausch bleiben.

Ich empfinde es auch als sehr wichtig, Verständnis für mein Gegenüber zu entwickeln. So versuche ich, nicht nur die Rolle meines Gegenübers (Kolleg:in, Kund:in usw.), sondern auch den Menschen dahinter zu sehen und wahrzunehmen. Ich versuche, mich in den:die Andere:n hineinzuversetzen, Interesse zu zeigen und zu verstehen, wie es ihm:ihr geht. Zu verstehen, dass der:die Andere (in der Kreation oder in der Kundenposition) mehr als nur Anforderungen von mir auf dem Tisch hat, sondern auch andere Aufträge erfüllen muss.

Miteinander zu reden bedeutet für mich auch, einen konstruktiven Diskurs herstellen zu können. Konflikte also nicht zu meiden, sondern bewusst mit der Konfliktsituation umzugehen. Denn gerade als Kundenberaterin bin ich immer wieder gefordert, den Kolleg:innen in der Kreation zu vermitteln, dass zum Beispiel das Kundenfeedback auf das soeben intensiv erarbeitete

Layout nicht positiv ist oder der:die Kund:in die ganze Kampagne nicht gut findet – im Werbejargon würde man sagen: „die Vorschläge abgeschossen hat". Wir müssen also im schlimmsten Fall noch einmal von vorne starten. Dass die Kolleg:innen in der Kreation auf diese Nachricht frustriert reagieren, kann man sich sicher vorstellen. Da wir aber unmittelbar neue Vorschläge liefern müssen, ist es wichtig, die Emotionen abzufedern. Meine Vermittlerrolle ist daher in diesen Situationen entscheidend. Und es ist eine Rolle, die man aktiv gestalten kann und sollte, und das erfordert durchaus auch diplomatisches Geschick. Also unter anderem die Kritik so zu formulieren, dass sie annehmbar ist, konstruktives Feedback zu geben und unbedingt auch mögliche Lösungsvorschläge mitzubringen. Dieses Verhalten ist für mich entscheidend und essenziell, da dadurch erstens die Wertschätzung für die Arbeit der Kreation gezeigt wird, und zweitens dadurch auch der relevante Beitrag der Kundenberatung am Teamwork zum Ausdruck kommt.

Besser gemeinsam: Teamwork statt Ego-Show

Positiven Einfluss übe ich aber nicht nur durch eine diplomatische Vermittlerrolle aus, sondern auch durch die partnerschaftliche Gestaltung des Arbeitsprozesses. Ich bin davon überzeugt, dass ein Team die Fülle der täglichen Arbeitsaufträge für alle Beteiligten am zielführendsten erledigt, je effizienter und effektiver es zusammenarbeitet. Wenn es also keine Ego-Show Einzelner, sondern Teamwork ist. Eine kooperative Haltung, wie ich sie verstehe, ist dadurch gekennzeichnet, dass man einander aushilft und sich gegenseitig unterstützt, den:die andere:n wertschätzt und unterschiedliche Meinungen gelten lässt. So wird nicht nur die Gemeinschaft und der Teamgedanke gefördert, sondern auch die Motivation für den:die Einzelne:n erhöht, sich einzubringen.

Mein Zugang zur partnerschaftlichen Zusammenarbeit bezieht sich aber nicht nur auf die agenturinterne Teamarbeit mit der Kreation. Ganz entscheidend ist es für mich, ebenso die Zusammenarbeit mit den Kund:innen zu gestalten. Diese nicht nur als Auftraggeber:innen (oder gar als Gegner:innen) zu sehen, sondern auch als Partner:innen, als Teil des Teams. Auch wenn der:die Kund:in und ich auf verschiedenen Seiten des Arbeitsprojekts stehen, so verfolgen wir doch klar ein gemeinsames Ziel: die Werbekampagne erfolgreich umzusetzen. Um das zu erreichen, ist eine enge und intensive Zusammenarbeit notwendig, bei der auf Augenhöhe miteinander kommuniziert wird, und bei der man in einem kontinuierlichen, konstruktiven, positiven Austausch steht. Meiner Meinung nach kann man nur so zu befriedigenden Ergebnissen für beide Seiten gelangen.

Die partnerschaftliche Haltung und ihr ökonomischer Effekt

Aus unternehmerischer Sicht mag es auf den ersten Blick als unnötig investierte Energie erscheinen, den Fokus so stark auf die Interaktionen und die Beziehungsebene zu legen. Da man die Wichtigkeit dieser Aspekte – Interaktionen und Beziehungsebene – nicht unmittelbar in Zahlen messen kann, mag es wirken, als würde man einen reinen Wohlfühlfaktor bedienen. Kurzfristig lässt sich auch kein ökonomischer Effekt ableiten. Aber langfristig trägt diese partnerschaftliche Haltung gegenüber den Kund:innen, meiner Meinung nach, entscheidend zum wirtschaftlichen Erfolg bei.

Man arbeitet anders zusammen, wenn man Kund:innen als (Team-)Partner:innen wahrnimmt. Durch diese Haltung entsteht ein produktiveres Arbeitsklima, in dem die Arbeit schneller, reibungsloser, effizienter und ich meine auch qualitativ besser umgesetzt wird. Und durch diese höhere Qualität im Austausch wird auch die Qualität der Ergebnisse – im Sinn erfolgreicherer Projektabschlüsse – erhöht. Erfolg meint in diesem Zusammenhang aber nicht nur die fertige Werbekampagne, die on air geht, sondern vor allem auch eine höhere Kundenzufriedenheit. Diese gilt bei der Evaluierung von Dienstleistungen wiederum als wichtigster Faktor, da sie entscheidend zur Kundenbindung beiträgt.[5] Der Beratung kommt in diesen Prozessen eine essenzielle

Funktion zu: Da sie den direkten Kontakt zu den Kund:innen aufrechterhält, übernimmt sie einen Großteil der Interaktionen und bestimmt darüber die Qualität der Zusammenarbeit entscheidend mit. Es lassen sich durch die partnerschaftliche Haltung also schlussendlich zwei Gewinne verbuchen: Erstens sorgt die konstruktive Teamarbeit mit den Kund:innen für qualitativ bessere Ergebnisse, und zweitens ist man als Unternehmen durch die Kundenbindung und die damit verbundenen wiederkehrenden Aufträge langfristig auch wirtschaftlich erfolgreicher. Die Investition in stabile, positive Kundenbeziehungen trägt also entscheidend zum wirtschaftlichen Erfolg bei.

Fazit: Die Haltung bestimmt die Qualität meiner persönlichen Einflussnahme und zieht sich als Grundeinstellung durch alle Ebenen meines Agierens. Sie kommt nicht nur agenturintern (im Team, mit Kolleg:innen der Kreation oder der Geschäftsführung), sondern vor allem auch extern gegenüber Kund:innen zum Ausdruck. Also in allen Interaktionen. Und bleibt damit auch nicht auf das unmittelbare Arbeitsumfeld „Agentur" beschränkt, sondern wirkt über die Arbeit hinaus bzw. von außen auf die Arbeit ein.

Ich versuche, durch meine Haltung einen bestimmten Umgang miteinander vorzuleben und mich in Interaktionen und bei Entscheidungen daran zu orientieren. Dieser Versuch gelingt naturgemäß nicht immer. Der persönlichen Einflussnahme sind daher auf unterschiedlichen Ebenen Grenzen gesetzt.

Verschiedene Grenzen und Grenzziehung

Nur weil ich Einfluss ausüben möchte, bedeutet das nicht, dass es immer funktioniert. Dem Einfluss sind Grenzen gesetzt. Grenzen, die durch andere bestimmt werden und Grenzen, die ich selbst setzen muss – in Form der Abgrenzung.

Die Grenzen meines Einflussbereichs zeigen sich klar, wenn das Gegenüber eine ganz andere, diametral entgegengesetzte Haltung hat, wenn unterschiedliche Einstellungen und Menschenbilder aufeinanderprallen. Wenn ich beispielsweise auf Augenhöhe kommunizieren möchte, weil ich den:die Andere:n als gleichwertige:n Partner:in sehe, mein Gegenüber (Kreation, Lieferant:in) aber klare Direktiven von mir erwartet oder mich umgekehrt als reine:n Befehlsempfänger:in sieht und von oben herab behandelt. Wenn die Persönlichkeiten nicht zusammenpassen, dann sind dem Einfluss Grenzen gesetzt. Eine erfolgreiche Einflussnahme ist daher abhängig davon, ob die persönlichen Haltungen der Gesprächspartner:innen miteinander harmonieren. Entsprechend höher oder niedriger sind dann die Erfolgsaussichten einer Interaktion.[6]

Dazu ergänzend möchte ich betonen, dass ich meine Haltung niemandem aufdrängen will. Nur weil es für mich der stimmigste Zugang ist, bedeutet das nicht, dass alle in meinem Arbeitsumfeld diese Haltung teilen müssen oder können. Das wäre sehr vermessen. Da sich die Haltung aus den eigenen Lebens- und Arbeitserfahrungen entwickelt und auch durch die Persönlichkeit bedingt ist, lebt und legt sie jede:r naturgemäß anders aus. Es wäre daher grenzüberschreitend, würde ich anderen meine Haltung als einzig richtige verkaufen wollen.

Auch möchte ich hier kein idealisiertes (durch die rosarote Brille gesehenes), sondern ein realistisches Bild meiner Haltung und Einflussnahme zeichnen. Denn natürlich schaffe ich es nicht immer, gut gelaunt und positiv und konstruktiv auf mein Umfeld einzuwirken. Das wäre eine gänzlich unrealistische Annahme und ein nicht erfüllbarer Anspruch. Es gibt Tage, an denen ich schlecht gelaunt aufstehe, wo nichts zu funktionieren scheint, wo alle Projekte auf einmal dringend werden oder durch irgendein Problem stagnieren. Tage, an denen sich Stress und Druck nicht mehr abfangen lassen und ich mich mitreißen lasse vom hektischen Getriebe um mich herum. Und dabei vermutlich auch Grenzen anderer überschreite.

Worum es dann aber geht, ist das Bemühen um die Haltung, die mir so wichtig ist. Sie mir immer wieder bewusst zu machen, sie als Orientierungshilfe bzw. Kontrollinstanz heranzuziehen und mein weiteres Handeln wieder daran auszurichten.

Als Führungskraft ist man durch die direkteren Möglichkeiten der Einflussnahme ganz speziell zu regelmäßiger Reflexion gefordert. Man lebt vor, wie man sich in bestimmten Situationen verhält, wie man sich abgrenzen kann, wie man seine Meinung zum Ausdruck bringt, sich durchsetzt. Man hat Verantwortung für sein Team und sollte seiner reflektierten Haltung folgend agieren und wachsam dafür sein, wo das eigene Verhalten eventuell Grenzen anderer überschreiten könnte.

Grenzen des Einflusses können auch durch die Teamzusammensetzung gegeben sein. Und je nachdem, wie divers ein Team in Bezug auf Geschlecht, Alter, Nationalität, Joberfahrung und so weiter ausgeprägt ist, variieren auch die Einflussmöglichkeiten.

Einflussnahme von anderen auf mich: die eigene Abgrenzung

Im Arbeitsumfeld (Kolleg:innen, Vorgesetzte, Geschäftsführung, Kund:innen) hat jede:r unterschiedliche Motivationen, Bedürfnisse, Agenden etc., die er:sie für sich gerne erfüllt und umgesetzt sehen möchte. Um das zu erreichen, wird natürlich versucht, Einfluss auf die anderen und somit auch auf mich auszuüben. Ob ich das negativ oder positiv bewerte, ob ich den Einfluss zulasse oder nicht, hängt davon ab, ob er sich mit meiner Haltung deckt, und ob ich das Ziel der Einflussnahme als sinnvoll, ob ich die dahinterliegende Intention als richtig erachte. Aber es kann natürlich auch sein, dass ich den Einfluss (zunächst) gar nicht wahrnehme, ihn als solchen gar nicht erkenne. Was dann?

Jede:r trägt nicht nur berufliche, sondern auch private Themen mit sich herum. Und so klar es für mich ist, Rücksicht zu nehmen, wenn es jemandem privat nicht gutgeht oder es beruflich gerade zu viel wird, tendiere ich manchmal dazu, anderen zu viel abzunehmen, um sie zu schützen, zu entlasten und im Sinn des Teamgedankens auszuhelfen. Dabei merke ich selbst oft erst verspätet, wie viel Energie mich dieser Zusatzaufwand kostet. Die Klärung, ob mich die anderen bewusst oder unbewusst dahingehend beeinflusst haben, Arbeit zu übernehmen, ist eigentlich nebensächlich. Denn wichtig wäre es für mich zu erkennen, wann es mir selbst zu viel wird, um mich dann entsprechend abzugrenzen.

Die Fähigkeit und Bereitschaft, anderen gegenüber Verständnis und Empathie aufzubringen, hat eben auch ihre Grenzen. Ich muss nicht immer verständnisvoll für diverse Themen und Stimmungen in meinem Umfeld sein. Vor allem, wenn negative Stimmungen um mich herum zunehmen, ist es auch einmal hilfreich und notwendig zu sagen, dass es so nicht geht: „Mir reicht's!" Man muss und sollte bei negativen Stimmungen im Team aber auch nicht immer dagegenhalten oder versuchen auszugleichen. So kann es ab und zu durchaus hilfreich sein, gemeinsam (mit Teamkolleg:innen) Dampf abzulassen, weil sich zu viel angestaut hat und der Ärger, die Frustration raus müssen. Auch das sollte man zulassen können, um dann wieder zu einer konstruktiven Haltung zurückzukehren.

Die eigenen und die Grenzen der anderen wahrzunehmen ist wichtig. Manchmal sind sie aber gar nicht so eindeutig zu erkennen. Was für mich in Ordnung geht, mag für andere schon eine Grenzüberschreitung sein. Es sind eben keine absoluten, sondern relative Grenzen, über die wir uns (gemeinsam) immer wieder neu und bewusst auseinandersetzen müssen.

Positiv und selbstwirksam in Richtung Zukunft

Jede:r kann Einfluss nehmen bzw. jede:r hat die Möglichkeit, Einfluss zu nehmen. Wenn man sie wahrnimmt. Es gibt immer wieder Phasen im Job, in denen man unzufrieden ist, wo „es nicht gut läuft". Trotzdem verharrt man in der Situation, ist genervt, verärgert, frustriert über sich selbst und andere. Man hat das Gefühl, daran nichts ändern zu können, aber auch die anderen (z.B. Vorgesetzte) unternehmen nichts, um es einem erträglicher zu machen, und so lamentiert man vor sich hin. Stattdessen sollte man versuchen, eine andere Perspektive einzunehmen und zu sehen, wie und was man ändern kann. Unter anderem so: Wie kann ich meine Arbeit so gestalten, dass ich motivierter und zufriedener bin? Kann ich mehr Autonomie in der Gestaltung meiner Arbeit erreichen? Mit wem kann ich reden, welche Schritte kann ich setzen, um etwas zu verändern? Es geht also darum, sich nicht zu fragen, *ob* man überhaupt Einfluss hat, sondern zu erkennen, *dass* man Einfluss hat, *dass* man die Möglichkeit hat, Einfluss zu nehmen und etwas zu verändern. So hat unabhängig von der eigenen Jobposition, jede:r Einfluss darauf, wie man miteinander umgeht, wie man im Team aufeinander achtet und wie man dadurch die Zusammenarbeit gestaltet. Es ist also wichtig, den Einfluss als Ausdruck der Selbstwirksamkeit wahrzunehmen und ihn als Mittel der aktiven Mitgestaltung seiner Arbeitswelt, seiner Umwelt und seiner Beziehungen zu nutzen.

Einflussbereiche und -möglichkeiten verändern sich aber auch im Laufe der Zeit. Werden stärker oder schwächer, größer oder kleiner. Je nach Jobposition und Funktion, Alter und Arbeitserfahrung, abhängig auch von der Zeitspanne, die man bereits in einem Unternehmen ist, hat man unterschiedliche Möglichkeiten, Einfluss zu nehmen. Dazu kommen die verschiedensten Erlebnisse und Erfahrungen, die Einfluss auf uns haben, die unsere Sichtweisen auf die Arbeitswelt prägen und unsere Haltungen mitbestimmen. Für die persönliche Weiterentwicklung ist es daher wichtig, die eigene Haltung (und das daraus folgende Verhalten und Handeln) regelmäßig kritisch zu prüfen, sich des eigenen Einflusses bewusst zu werden und eine entsprechende Achtsamkeit für diesen Einfluss und die Grenzen des Gegenübers zu entwickeln.

Ich habe die Wahrnehmung meiner persönlichen Einflussnahme, basierend auf meinen konkreten, direkten Erfahrungen als Führungskraft in einer Werbeagentur reflektiert. Das noch einmal zu erwähnen, empfinde ich als wichtig, da durch das eigene Arbeitsumfeld Möglichkeiten und Grenzen des Einflussbereiches entstehen bzw. definiert werden. Unterschiedliche Arbeitsfelder lassen unterschiedliche Arten des Einflusses zu und es ergeben sich andere Ebenen der Einflussnahme.

Für eine konstruktive und positive Zusammenarbeit und Interaktion mit seinem Umfeld ist es wichtig, sein Agieren und Handeln mit anderen immer wieder neu zu reflektieren, sich immer wieder bewusst zu machen, wo und wodurch man sich (positiv oder negativ) beeinflussen lässt und wie man selbst Einfluss nimmt. Ganz essenziell ist dabei die Haltung, aus der heraus man Einfluss nimmt, die Intention, die dahinterliegt und somit das Ziel, das man mit der persönlichen Einflussnahme verfolgt.

Einfluss – Kunst – Diplomatie

Simon Mraz

Vorbemerkung

Einfluss nehmen zu wollen war, das kann ich ganz bestimmt von mir sagen, keine Triebfeder, mich beruflich auf das weite Feld der Kulturdiplomatie zu begeben. Besser so, würde ich sagen, denn „in der Auslandskultur", wie die österreichische Kulturdiplomatie im Berufsjargon genannt wird, soll es in erster Linie darum gehen, österreichischen Künstler:innen außerhalb der Landesgrenzen so pragmatisch und flexibel wie möglich zur Seite zu stehen. In meiner unerwartet nachhaltigen Karriere in der Kultursektion des österreichischen Außenministeriums habe ich es stets als eine erfrischende Besonderheit der österreichischen Struktur[7] empfunden, dass sie mit weniger großangelegten Gesamtstrategien und Richtlinien auskommt, als dies bei vielen anderen europäischen Partnerländern der Fall ist, und die Kulturforen[8] sehr unabhängig und verhältnismäßig unbürokratisch über ihre Budgets und Programme verfügen können.

Meine Geschichte als Kulturdiplomat begann jedenfalls sehr unverhofft und es waren zu einem guten Teil einfach jugendlicher Abenteuersinn und Neugierde, die mich antrieben, als ich mich nach einer beginnenden glücklichen Laufbahn im Dorotheum[9] dafür entschied, geplante zehn Monate lang in der österreichischen Botschaft in Moskau am dortigen Kulturforum als Kulturattaché einzuspringen. Wie es dazu kam? Es war der ursprünglich für die Position gedachten Person das Visum von Seiten der russischen Behörden verwehrt worden, worauf bis zur nächsten Ausschreibungsrunde des Ministeriums eine Lücke entstand. So eröffnete sich ganz unvorhergesehen eine Chance für mich Außenstehenden.

Dieses für meinen weiteren beruflichen Werdegang entscheidende Momentum ergab sich zu Jahresbeginn 2009. Nie hätte ich mir damals träumen lassen, dass ich 15 Jahre später in einer kleinen Wohnung in der russischen Wolgastadt Jaroslawl einen Artikel darüber verfassen würde, was für mich Einfluss in der Kulturdiplomatie bedeutet.

Diese mir sehr liebe Wohnung hatte ich mir 2021, nach zwölfjähriger Tätigkeit am Kulturforum der Botschaft in meinem letzten Jahr als Kulturattaché, unmittelbar vor meiner Rückkehr nach Wien, als Rückzugsort und Standbein in Russland angeschafft.

Sich 2024 als österreichischer Kulturmanager und Ausstellungsmacher mit Russland auseinanderzusetzen, ist schon für sich genommen eine zu denken gebende Situation und noch vielmehr angesichts der Aufgabe, einen Artikel zum gegenständlichen Thema zu verfassen.

In den letzten Tagen habe ich versucht, mir einen Überblick über das Leben in der kleinen Stadt zu verschaffen, habe zahlreiche Spaziergänge absolviert, mich gefragt, was in den Köpfen der Menschen wohl vorgehen mag angesichts des Umstands, dass das Land seine todbringende, so schreckliche kriegerische Invasion in der Ukraine betreibt. Ganz augenfällig ist eine Normalität des Alltags, wie man sie sich zu Hause im Westen nicht recht vorstellt. Und dann holt sie einen doch ein, die Ausnahmesituation. Auf einer Ausfahrt in einen Ort außerhalb der Stadt zieht der Friedhof vorbei, mit zahlreichen neuen Gräbern, geschmückt mit militärischen Fahnen; meine Partnerin, die mir plötzlich sagt, ein ehemaliger Kollege und Mitarbeiter der Tretyakov-Galerie in Moskau sei aus dem Krieg nicht zurückgekehrt;

ein, auch wenn es im Stadtbild der im Übrigen relativ liberalen Stadt die Ausnahme ist, riesiges „Z" an der Fassade eines Büros des russischen Kriegsministeriums im Stadtzentrum; außerdem der Umstand, dass ich keine westlichen Social Media verwenden kann, was sich als mehr als verschmerzbar herausstellt.

So sitze ich in einer vertrauten und doch fremden Umgebung, einem Land, in dem es über viele Jahre hin meine Aufgabe war, kulturelle Brücken, gegenseitiges Vertrauen aufzubauen, in dem ich mit größter Begeisterung und unter Aufbringung aller Willens- und Arbeitskraft, wie ich glaube, doch spannende Kulturarbeit leisten durfte, für und mit österreichischen, aber auch mit Einbeziehung russischer unabhängiger Künstler:innen.

Das Vertrauen, die Brücken auf offizieller Ebene sind kaputt, und es geht auch niemand mehr auf diesen Brücken, selbst dort, wo sie vielleicht noch nicht abgerissen, sondern nur beschädigt sind. Kulturelle, genauer gesagt künstlerische Einflussnahme benötigt einen minimalen Entfaltungsraum, den es in Zeiten offenen Krieges zwischen den Konfliktparteien, und seien es auch nur indirekt Beteiligte, nicht oder nur sehr eingeschränkt gibt. Einfluss kann schließlich nur dort stattfinden, wo es Raum für Begegnung gibt, Ebenen, auf denen Einfluss Platz greifen kann. Dies kann wiederum nur dann stattfinden, wenn beide Seiten genau diese Begegnungsräume schaffen, oder sie zumindest zulassen.

Die Geschichte hat gezeigt, dass selbst dann, wenn die Politik weder aktiv noch passiv einen kulturellen Austausch fördert, es trotzdem noch kulturellen Austausch geben kann, außer ein Land schottet sich, wie Nordkorea, vollkommen ab. Dieser Austausch findet dann auf der Ebene der Zivilgesellschaft statt, das heißt im Bereich privater, und dabei durchaus auch professioneller, aber eben nichtstaatlicher Initiativen. Diese Ebene des Austauschs kann sehr einflussreich sein, und in Zeiten sozialer Medien und virtueller Plattformen sehr leicht eine eigene Dynamik entwickeln.

Meinen Überlegungen vorausschicken möchte ich, dass die ausgedrückte Meinung ausschließlich jene des Autors ist. Der Artikel spiegelt ausschließlich meine persönliche Meinung wider und nicht notwendigerweise jene des Ministeriums, für das ich wie zahlreiche meiner Kolleg:innen mit großer Begeisterung und Hingabe arbeite.

Aufgaben und Wirkungsweise eines Kulturdiplomaten

Erlauben Sie mir einige erklärende Ausführungen über die Tätigkeit von Kulturdiplomat:innen. Gleich vorausgeschickt, es handelt sich dabei weder um als Beamt:innen getarnte Agent:innen, noch um Schmarotzer:innen, deren Beschäftigung sich darin erfüllt, sich von Empfang zu Empfang zu schleppen, um Brötchen zu essen und sich möglichst täglich auf Konzerte, Theateraufführungen und Vernissagen einladen zu lassen, um sich dann noch zum Drüberstreuen für das willkürliche Verteilen unbedeutender Kleinförderungen an Künstler:innen als Mäzenat:innen auf Staatskosten beklatschen zu lassen. Nein, und ich schreibe es aus tiefster Überzeugung, das ist weder die Idee noch, glücklicherweise, die Praxis.

Österreich versteht sich zu Recht als ein großes Kulturland – „Kultursupermacht Österreich" finde ich ein bisschen peinlich, man muss einfach wirklich keine Supermacht sein, es geht auch ohne. Tatsächlich aber spielt der Kultursektor in Österreich eine wichtige Rolle. Dafür gibt es zahllos Beispiele, angefangen von unterschiedlichsten Institutionen, Festivals, Initiativen, vom Angebot her, auch wirtschaftlich, für das Selbstverständnis des Landes und auch seine Erscheinung nach außen hin. Österreich wird international hauptsächlich als ein kulturell und künstlerisch interessantes Land wahrgenommen und ist vor allem im Bereich der Kultur, gemeinsam mit Natur und Wintersport, positiv besetzt bei Menschen in der ganzen Welt. Entscheidend dabei sind klassische Musik, die Schönheit seiner Städte. Österreich verfügt über eine reiche Geschichte und entsprechend über ein reiches kulturelles Erbe. Wichtig ist, dass dies nur so bleibt, wenn Österreich sich nicht damit begnügt, sich an seiner Vergangenheit zu erfreuen, sondern aktiv daran arbeitet, ein lebendiger Ort des kreativen Schaffens zu bleiben. Dazu gehört eine weltoffene, Künste unterstützende Kulturpolitik im Land selbst und in weiterer Folge eine aktive Kulturpolitik international.

Kern genau dieser internationalen österreichischen Kulturarbeit ist es, dabei mitzuhelfen, österreichisches Kulturschaffen in die Welt zu tragen. Diese Tätigkeit besteht darin, österreichischen Kunstschaffenden mit deren Projekten im Ausland unterstützend zur Seite zu stehen, mit Rat, und soweit es möglich ist, auch finanziell.

Zu diesem Zweck werden Kulturdiplomat:innen vom Außenministerium in ein bestimmtes Land entsandt, außerdem werden vor Ort lokale Mitarbeiter:innen beschäftigt. Mit einem teilweise über Generationen von Kulturattachés erarbeiteten und weitergegebenen Wissen über einen bestimmten Kulturraum und ein bestimmtes Land, und mithilfe eines gewachsenen wie aktuellen Netzwerks wollen die österreichischen Kulturforen Anlaufstellen für Künstler:innen mit Projektideen oder schon laufenden Projekten sein. Darüber hinaus möchten die österreichischen Kulturdiplomat:innen aktiv Möglichkeiten für österreichische Künstler:innen schaffen, indem sie selbst oder gemeinsam mit Partnerorganisationen in ihren Ländern Initiativen setzen, die es österreichischen Künstler:innen ermöglichen, daran teilzunehmen. Im Fokus dieser Arbeit stehen jene Künstler:innen, denen die Erfahrung im jeweiligen

Gastland Impulse für ihre im Aufbau befindlichen Karrieren gibt und ihnen jedenfalls zur Inspiration gereicht.

Bereits an dieser Stelle zeichnen sich die primären Einflussfelder der Kulturdiplomatie ab: Einerseits hat sie Einfluss auf den Lebensweg der Künstler:innen, andererseits hat sie Einfluss auf jenen Kulturraum, mit dem die eingeladenen österreichischen Künstler:innen durch ihre Arbeit im Gastland in Berührung kommen und in dem sie auf die eine oder andere Weise Spuren hinterlassen.

Auf diese beiden Punkte werde ich im Folgenden ausführlicher zu sprechen kommen.

Internationale Kulturarbeit in Russland – ein Spezialfall

Kunst findet stets zu einem großen Teil in einem internationalen Kontext, das heißt, in einem Wechselspiel von Inspiration und Rezeption statt. In diesem Austausch von Ideen und Praktiken spielen politische Grenzen oft nur dann eine Rolle, wenn sich bestimmte Regionen, meist politisch motiviert, vorsätzlich abschotten. Ansonsten gibt es vorherrschende generelle Tendenzen, Moden, Trends, die Künstler:innen in der ganzen Welt inspirieren. Dieses Phänomen ist ganz alt, denkt man etwa an die Kunst des antiken Griechenlands und in weiterer Folge Roms, der gotischen Kunst Frankreichs und Deutschlands, der italienischen Renaissance, an den

Einfluss etwa der japanischen und chinesischen Druck-
grafik auf die französischen Künstler:innen Ende des
19. Jahrhunderts oder die die Wirkung der amerikanischen Nachkriegskunst auf die ganze westliche Welt.

Die Netzwerke von Kulturinstituten oder Kulturforen spielen besonders in jenen Ländern eine große
Rolle, in denen kulturelle Kooperationen nicht ganz so
offensichtlich sind, wie man es etwa innerhalb der Europäischen Union gewohnt ist. Innerhalb der EU ist der
Kultursektor durch die europäische Integration auf in
vielerlei Hinsicht wundersame Weise eng aneinander-
gerückt, europäische Standards, vielfach angeglichene
Abläufe, eine Zollunion und vieles mehr machen zahlreiche Abläufe und Kooperationsprogramme zu Selbstver-
ständlichkeiten – die im bilateralen Austausch mit EU-
Drittländern schlichtweg wegfallen.

Russland nimmt hier einen ganz besonderen Platz
ein. Die europäisch-russischen Beziehungen haben eine
lange und komplexe Geschichte, geprägt von gegen-
seitiger Neugierde, Faszination, aber auch Verachtung
und Abhängigkeit, politischen Allianzen und Feind-
schaften, Illusionen und Enttäuschungen, oft auch Un-
wissenheit, aber eines gab es sicherlich nie: nämlich
Gleichgültigkeit.

Die besondere Geschichte der Wiedererstehung Österreichs als unabhängiger Staat nach dem zweiten
Weltkrieg, verbunden mit dem Wissen, dass diese nur

mit der Zustimmung des sowjetischen Staats möglich war, demgegenüber das klare Selbstverständnis Österreichs als Teil der westlichen Staatengemeinschaft mit zugleich engsten historischen Verbindungen zu einigen Staaten im Einflussbereich der UdSSR, insbesondere den Nachbarländern Ungarn, Tschechoslowakei und Jugoslawien – all diese Faktoren machten die Beziehungen zwischen der damaligen Sowjetunion und Österreich zu einem besonderen Feld.

Österreich erkannte dabei sehr bald das Potenzial gerade der Kultur für die Etablierung eines konstruktiven bilateralen Miteinanders.

Trotz sehr unterschiedlicher Ansichten gelang es, einerseits offizielle Kulturbeziehungen zu unterhalten, andererseits aber in einen aktiven Dialog mit Vertreter:innen des sowjetischen Undergrounds zu treten. Ein wichtiges Beispiel hierfür ist zweifelslos die Arbeit von Dr. Johann Marte, des späteren Generaldirektors der Österreichischen Nationalbibliothek, der Ende der 1970er und Anfang der 1980er Jahre als Kulturattaché in Moskau wirkte. Er verstand es, seine Privilegien als Diplomat dahingehend maximal zu nutzen, um den Kulturbetrieb tiefgehend zu verstehen, und zwar sowohl den offiziell sowjetischen, als auch den systemkritischen Underground. Und er traute sich, jenen zu helfen, die ihn darum baten. So unterstützte er zahlreiche Künstler:innen dabei, sich in den Westen bzw. nach Österreich abzusetzen, und schmuggelte darüber hinaus teils bedeutende, in der Sowjetunion verbotene Literaturmanuskripte in den Westen, wo die Werke dann publiziert werden konnten. Eines der bedeutendsten Beispiele dafür ist der Roman „Leben und Schicksal" von Wassilij Grossman. Zugleich setzte er bewusst Zeichen, wie eine Ausstellung damals verbotener Skulpturen des Bildhauers Vadim Kosmatschof im öffentlich einsehbaren Vorgarten der österreichischen Botschaft in Moskau, was damals fast zum Rauswurf des Diplomaten geführt hätte.

Gleichzeitig setzte sich Marte, selbst bekennender Katholik, über Jahrzehnte für einen Dialog zwischen der orthodoxen und der katholischen Kirche ein.

Was macht die Arbeit dieses Kulturdiplomaten so wichtig? In einer Zeit größter diplomatischer Spannungen und politischer Konflikte zwischen der damaligen Sowjetunion und Westeuropa zeigte eine einzelne Persönlichkeit, sicherlich mit Unterstützung seines Dienstgebers, des Außenministeriums und auch dank einer gewissen Duldung durch die sowjetischen Behörden, Courage und Initiative, unterstützte dabei ganz konkret unabhängig denkende russische Künstler:innen und erwarb sich den Ruf eines Verbündeten von offizieller Seite, im obengenannten zivilgesellschaftlichen Dialog.

Bis heute prägt dieser Mensch andere, unter anderem mich. In meinen über zwölf Jahren war mir

Dr. Johann Marte ein Beispiel und ist es heute noch. Ein Mann von Einfluss? Ja, auf jeden Fall, er prägte seine Nachfolger:innen bis über 40 Jahre nach seiner eigenen Moskauer Zeit. Ebenso beeinflusste er die Lebenswege all jener damals marginalisierten Künstler:innen, denen er während seiner Amtszeit in kritischen Momenten ihres Lebens half. Soweit am Leben, erinnern sie sich heute noch genau an ihn.

Die großzügige Weitergabe von Wissen, Erfahrungen, Weisheiten und Kontakten über Generationen von österreichischen Kulturattachés in Russland hat zu einer Kontinuität im kulturellen Austausch geführt, die man, da bin ich zuversichtlich, die jeweiligen politischen Verhältnisse berücksichtigend weiterführen kann, jedenfalls im Bereich des künstlerischen Austauschs.

Eine Polemik zur Bezeichnung von Kultur und Kunst als „Soft Power"

Kunst und Kultur werden gerne in den Schatten der „wirklich Einflussreichen" gestellt, bei zahlreichen Anlässen habe ich dies selbst erlebt.

Es gibt kaum einen offiziellen Anlass politischer Natur, und besonders dann, wenn es um offizielle internationale Besuche geht, bei dem nicht betont wird, wie wichtig die Kultur denn nicht sei, aber zugleich wird offensichtlich, dass dieselben Vertreter:innen von Politik und Wirtschaft manchmal in der Praxis über das Lippenbekenntnis hinaus wenig bewirken und die Kultur bei nächster Gelegenheit wie weggefegt erscheint und bestenfalls als Feigenblatt dient.

Gerne wird Kultur in dem Zusammenhang dann verniedlichend als „Soft Power" bezeichnet, wohl im Gegensatz zu „Hard Powers". So verstanden steht der Begriff der Soft Power dann für eine marginalisierende Einstellung zu Kunst und Kultur.

Nein, Kulturdiplomatie ist in diesem Sinne nicht „soft", wage ich zu behaupten.

Im Verlauf jedes Krieges gibt es wohl Phasen, in denen alles durch das Prisma der militärischen Situation gesehen wird, wenn sich in den politischen Kommentaren, der Berichterstattung, den Analysen fast alles um Frontberichte, Analyse von Fortschritten, wirtschaftliches Durchhaltevermögen dreht. Hört man aber jenen zu, die die Kriege anzetteln, dann geht es diesen fast immer um, und seien es noch so verschrobene, Auslegungen von Geschichte und kulturellen Zusammenhängen, die als Rechtfertigungsgründe herangezogen werden.

Und im Gegensatz dazu: Was lag bislang den großen Friedenszeiten zugrunde? – Stets vor allem eine kulturelle Idee, denken wir etwa an das Modell der Europäischen Union.

Das Wiederaufflammen imperialistischen Denkens kaschiert die Angst vor dem Zerfall der Einflusszonen, dazu die bizarre Idee vom Land, das dazu auserwählt

sei, die Zivilisation vermeintlich gegen den verkommenen neoliberalen Westen in der Ukraine zu verteidigen:
Das sind Ingredienzien, aus denen der Ukraine-Krieg,
zumindest in der Propaganda, von russischer Seite ar-
gumentiert wird. Worum es da immer geht, ist ganz of-
fenbar Kultur. Und auch Kunst spielt dabei immer wieder eine große Rolle. Sprache und Bilder spielen eine
ganz zentrale Rolle, wenn es um die Formulierung der
Positionen, Argumente geht.

Sicherlich stellt eine vorgehaltene Pistole im Gegensatz zu einem Buch eine ganz unmittelbare Gefahr dar.
Aber so manches Buch, und das wissen wir aus der Geschichte, hat dazu beigetragen, die Welt zu verändern,
denken wir an die Bibel, denken wir an das „Kapital" von
Marx, um historische Beispiele anzuführen, und heute
sind die Kommunikationsmittel andere, aber Worte
und Bilder sind es immer noch, die eine entscheidende
Rolle spielen bei der Entstehung und Anheizung von
Konflikten.

Kunst und Kultur haben also einen enormen Einfluss,
und wir als Europäer:innen sollten aktiv eine gestal-
tende Rolle spielen, den Willen haben, Maßstäbe zu setzen, anstatt uns damit zu begnügen, von der Vergangenheit zu leben und zuzusehen, wie andere die Zukunft
gestalten.

Es erscheint mir zu einfach, sich in eine passive Rolle
des Kommentierens und Bewertens fallenzulassen. Viele

sehen in Europa eine moralische Instanz, die zu wissen meint, was weise ist, was gut und was verwerflich. Besonders begrüßenswert ist sicherlich, dass wir in Europa einen guten Teil des allgemeinen Wohlstands zur Förderung von Kunst und Kultur investieren, aber wir sollten uns daran zu gewöhnen, von anderen zu lernen, um es dann bei uns selbst besser zu machen.

Dies spricht einen weiteren wichtigen Aspekt des Einflussnehmens an. Eine der für mich wichtigsten Erkenntnisse meiner Jahre in Moskau ist, dass Kulturprojekte möglichst in einem Verhältnis zum aufnehmenden Land stehen und, vorausgesetzt, das jeweilige künstlerische Konzept lässt dies zu, möglichst lokale Kunstschaffende einbeziehen sollten. Denn lediglich das „Österreichische" zu exportieren ist zwar oft berechtigt, künstlerisch spannender ist es aber, Bezüge herzustellen. Das ist oft nicht ganz einfach, es hat sich aber jedenfalls jedes Mal gelohnt.

Denn das Publikum und auch die beteiligten Künstler:innen des Gastlandes, in meinem Fall waren es Russland und Belarus, können die Kunst aus einem anderen Land besser fassen, wenn ersichtlich wird, dass diese sich mit dem eigenen Kulturraum auseinandersetzt. Umgekehrt ist es für aus Österreich Anreisende meist spannender, dort mit Kolleg:innen an einem gemeinsamen Projekt zu arbeiten. Ich ließ mich von der Idee leiten, dass nicht nur ein lokales Publikum mit österreichischer Kunst beglückt werden sollte, sondern darüber hinaus den anreisenden Künstler:innen Begegnungen mit Orten, Inhalten, Menschen vermittelt werden sollten, die sie reicher zurückkehren ließen als sie gekommen waren.

Und ich versuchte stets auch österreichische Kulturinstitutionen einzubinden, auf dass sie ihre Expertise einbrachten, indem sie mithalfen, spannende Künstler:innen zur Teilnahme einzuladen und im Idealfall die Projekte auch zu Hause in Österreich zu präsentieren, sodass umgekehrt auch russischen Beteiligten die Möglichkeit gegeben werden konnte, in Österreich gezeigt oder zumindest besprochen zu werden.

An dieser Stelle sei noch ein wesentlicher Faktor angeführt, nämlich die substanzielle und vertrauensvolle Unterstützung meiner Arbeit durch das österreichische Kulturministerium, sozusagen das „Schwesterministerium" des Außenministeriums, welches abseits jedweder politischer Färbungen stets und immer alle meine wichtigen Projekte mit ermöglicht hat. Ich habe hier einigen tollen Mitarbeiterinnen, vor allem in der internationalen Abteilung, sehr zu danken. Etwas für die Kunst erreichen kann man wirklich nur zusammen, ich habe das auf sehr professionelle und menschliche Weise erfahren, und tue das auch heute.

Wie das in der Praxis der Kulturdiplomatie aussehen kann?

Auf dem ersten nuklearen Eisbrecher der Welt mit dem Namen „Lenin", der heute ohne Antrieb im Hafen von Murmansk jenseits des Polarkreises vor Anker liegt, genehmigten der ehemalige Kapitän des Schiffes und sein Team eine Ausstellung, bestehend aus künstlerischen Interventionen, an verschiedensten Stellen an Bord des historischen Schiffes. Kunst am Atomeisbrecher? Es war gar keine so abwegige Idee, wurde das Schiff doch ganz bewusst auch zur Repräsentation gebaut, verfügte über ein getäfeltes Stiegenhaus, einen Festsaal, ja sogar über ein Kino. Das Schiff diente nicht nur der Befahrung der Nordroute durch das Eismeer von Murmansk bis in den fernen Osten, es diente auch der sowjetischen Führung als Schaustück, um Staatsgästen die enormen Fortschritte der sowjetischen Ingenieurskunst im wahrsten Sinne des Wortes vor Augen zu führen.

Es gelang, gemeinsam mit Stella Rollig, damals Direktorin des Linzer Kunstmuseums Lentos, eine Reihe spannender Künstler:innen aus Österreich dazu einzuladen, ortsspezifische Arbeiten speziell für das Projekt zu schaffen, von Seiten des Kulturforums wurden dann ebenso viele russische Künstler:innen eingeladen, und so entstand nicht nur die erste Ausstellung zeitgenössischer Kunst in Murmansk, sondern ein Kunstprojekt, das für alle Beteiligten ein wohl unvergessliches Erlebnis bedeutete. Künstlerische Interventionen fanden sich von der Offizierskajüte, über die Brücke, den Speisesaal bis in die Maschinenräume des Schiffes.

„Für wen machst du diese Ausstellung?", lautete eine Frage der einladenden Institutionen: Als Impulsgeber für die Entstehung neuer Kunst, für die Sensibilisierung für Gegenwartskunst vor Ort (in Murmansk und an vielen anderen Orten, an denen wir unsere Projekte ausrichteten, waren wir die Ersten) war es ein großer Erfolg. 30.000 Murmansker:innen bzw. zehn Prozent der Bevölkerung besuchten die erste internationale Ausstellung zeitgenössischer Kunst in ihrer Stadt, auch für das internationale Setzen von Narrativen – die Nachrichten über dieses wie auch andere Projekte gingen um die Welt: mit hunderten Pressemeldungen weltweit waren unsere Ausstellungen bis dato die international am meisten rezensierten internationalen zeitgenössischen Ausstellungsproduktionen, jedenfalls seit 2010.

In den Jahren von 2012 bis 2020 realisierten wir stets mit wechselnden Partner:innen und Künstler:innen Projekte, die bestimmte kulturhistorisch relevante Aspekte Russlands in den Mittelpunkt rückten, von denen man vielleicht gehört haben konnte, aber sich doch kaum damit beschäftigt hatte, etwa auf dem Territorium einer Wissenschaftlerstadt und deren Observatorium auf einem Berg im Kaukasus, in Mono-Industriestädten, in der Philharmonie von Birobidzhan, der Hauptstadt des jüdischen autonomen Gebiets Russlands, und noch an einigen Orten mehr.

Es sollten stets gemeinsame Projekte sein, die auf Vertrauen beruhten, von Seiten des österreichischen Kulturforums wie auch von Seiten der russischen Partnerinstitutionen, sei es nun Observatoriumsdirektor oder Eisbrecherkapitän. Jede Seite, die österreichische wie die russische, hätte jedes Projekt jederzeit zu Fall bringen können – und doch ist jedes Projekt verwirklicht worden. Russische künstlerische Positionen waren übrigens oft kritischer als die österreichischen, im Zentrum standen allerdings inhaltliche und künstlerische Auseinandersetzung, bestehen mussten die Arbeiten jedenfalls in erster Linie vor Ort.

Der Einfluss fand bei diesen Projekten stets auf mehreren Ebenen statt und dies machte sie, glaube ich, auch so interessant: Überzeugungen, verschiedene Deutungsperspektiven, Geschichtsverständnisse, Denkweisen trafen aufeinander und mussten sich während der Realisierung der Projekte miteinander in Beziehung setzen.

Es ist meine feste Überzeugung, dass die Bereitschaft des Zulassens wechselseitigen kulturellen und künstlerischen Einflusses die eigene kulturelle Fortentwicklung stimulieren kann, während gegenseitige Abschottung zu Entfremdung, zu einem immer breiteren Gefühl der scheinbaren Überlegenheit des eigenen Kulturverständnisses führt, was letztlich zu nichts anderem beiträgt als zur Rechtfertigung von Gewalt.

Sicherlich kann Kunst einen sich anbahnenden Krieg nicht verhindern, aber sie kann ihm viel an Rechtfertigung und die ideologischen Grundlagen entziehen, außerdem vermag sie Anknüpfungspunkte zu erhalten oder zu schaffen für den nach jedem Krieg unweigerlich wiederkehrenden Moment eines Neubeginns.

Mit der Voraussetzung von ein wenig Selbstvertrauen gibt es keinen Grund dafür, sich vor Einfluss zu fürchten, andererseits aber viele Gründe, sich dem Einfluss zu stellen, ihn als Möglichkeit zu begreifen, das eigene Wissen zu erweitern, etwas zu lernen und dann vielleicht, wenn es denn passt, zu übernehmen. Es ist gerade das Spannende an einem funktionierenden künstlerischen Austausch, dass man sich nicht damit begnügen muss, Brücken nur zu bauen, sondern es darauf ankommen lassen kann, diese Brücken von ihren beiden Enden her zu betreten und zu bevölkern. Dieser Austausch sollte im Kulturbereich immer ermöglicht werden. Auch in den finstersten Zeiten sollte man gewährleisten, dass ein künstlerischer und intellektueller Austausch stattfindet. Gerade dann, wenn ein Rückzug einfacher erscheint, sollte man sich darum erst recht bemühen.

Europäische Besonderheiten und welche Art von Einfluss es jetzt östlich der Europäischen Union vielleicht braucht

Spätestens seit der Annexion der Krim durch Russland 2014 erlebte ich, wie eine Propagandawelle gegen den Westen durch die russischen Staatsmedien schwappte. Damals hatte ich noch einen Fernseher und keine Ahnung davon, wie sich ein staatlich gelenktes Medienmonopol im Fernsehen denn anfühlen würde.

Ich hielt es einige Wochen durch, dann konnte ich beim besten Willen nicht mehr, aber damals sah ich täglich fern, um etwas zum Thema Einfluss zu lernen. Was mich am meisten beeindruckte, war die Durchgängigkeit in der Übermittlung der zentralen propagandistischen Anliegen in sämtlichen Formaten, von den Morgensendungen über die Nachrichten- und Diskussionssendungen bis hin zu Reportagen und selbst zur Kochshow.

Innerhalb weniger Wochen wurde „der Westen" zum Feind stilisiert, und ein scheinbar besonders spezifisches Ziel wurde „Europa". Kultur spielte eine Schlüsselrolle in der Einbettung des Narrativs. Der Grundgedanke war, das aktuelle Europa würde in Folge dekadenter und perverser Auffassungen seine eigenen Werte verschleudern und zu einem moralisch verkommenen Vasallen Amerikas geraten. Es sei Russlands Bestimmung, die zivilisatorischen Werte und Errungenschaften auch des

Westens zu bewahren, wobei Russland nicht ein besseres Europa sei, sondern eine eigene kulturelle Identität habe, die es vor der Verweichlichung und Verkommenheit zu beschützen gelte.

Ich erinnere mich an eine Fernsehreportage, die ich in einem Hotelzimmer in einer Industriestadt in Russland gesehen habe. In der beißenden Luft der Stahlstadt konnte ich nicht einschlafen und erfuhr in der Reportage, dass niederländische Tulpen irgendwelche schlimmen Krankheiten mit sich brächten. Ich weiß noch, wie sonderbar mir das in einer Stadt vorkam, in deren umweltverschmutzter Realität man sicher war, dass es schlimmere Gesundheitsrisiken gibt als holländische Schnittblumen. Die Sendung fügte sich nahtlos in einen Sendetag ein, an dem man in unterschiedlichen Bereichen erfahren konnte, wie schlimm es angeblich um dieses Europa stand.

Schmunzelnd dachte ich mir, dass kultureller Einfluss eben wirklich ein interessanter Faktor und immer eine Auseinandersetzung auf einer breiteren Ebene ist. Ich war damals dienstlich in dieser Stadt, sie hieß übrigens Magnitogorsk, um zu verhandeln, ob Künstler:innen der Kunstuniversität Linz ein riesiges Graffiti an einem Hochhaus im Stadtzentrum anbringen durften, es sollte das größte österreichische Kunstwerk in Russland werden. Es war nicht das erste österreichische Projekt in der entlegenen Industriestadt: Den Kindergarten der damals architektonisch visionär geplanten „Sozgorod", der sozialistischen Arbeiter- und Industriestadt, hatte in den späten 1920er Jahren niemand anders als eine der größten österreichischen Architektinnen, Margarete Schütte-Lihotzky entworfen, in einer Zeit, als die sowjetische Staatsführung innovative sozialistische Architekt:innen aus Deutschland und Österreich einlud, um Prototypen für neue Städte zu errichten.

Doch mich beschäftigte, dass sich die russische Propaganda damals ganz auf Europa als Kultur im Niedergang einschoss und Russland sich diesem angeblichen Verfall entgegenstemmen wollte, aus seiner eigenen, starken, in Asien und Europa wurzelnden kulturellen Identität – Eurasien war da der wichtigste Begriff.

Wie sollte man damit umgehen? Die Vertretung der Europäischen Union in Moskau war recht zurückhaltend und eigentlich auch nicht dafür zuständig, den doch sehr klar adressierten Angriffen eine europäische Antwort entgegenzuhalten, aber ich kann mich auch erinnern, dass etwas Interessantes geschah, nämlich, dass sich die Kommunikation unter den Kulturdiplomat:innen signifikant intensivierte. Was davor hauptsächlich Höflichkeitstreffen gewesen waren, veränderte sich hin zu punktuellen Kooperationen, zahlreichen Gesprächen unter Kolleg:innen darüber, wie man denn als europäische Länder weitermachen konnte. Ich finde, es war eine sehr spannende Zeit und obwohl wir keine gemeinsame Programmlinie fuhren, stellten wir in ganz bunten Kombinationen unterschiedliche Projekte auf die Beine. Gemeinsam mit Großbritannien, Deutschland, Schweden, Finnland, Frankreich und den Niederlanden starteten wir etwa ein Programm, in dessen Rahmen wir begabte Nachwuchs-Kurator:innen zu Praktika bei tollen Kunstinstitutionen einluden. Vom Start weg waren wir das größte internationale Kurator:innenprogramm in Russland. Der Gedanke dahinter war, gute junge Leute mit einer Orientierung zum Westen hin zu unterstützen, die dann später in ihrem eigenen Land mit der Arbeitserfahrung in Europa eigene Projekte auf die Beine stellen würden. In wenigen Jahren hatten wir ein tolles Netzwerk von Absolvent:innen. Ist das kulturpolitischer Einfluss zum Vorteil aller Beteiligten? Wohl ja. Angesichts der traurigen politischen Entwicklung eine sinnlose Übung? Nein, ganz sicher nicht. Jedem und jeder der Teilnehmer:innen hat Europa seine Offenheit darin manifestiert, als ein Zeichen der Wertschätzung, des Glaubens an demokratische, weltoffene, junge Leute aus Russland, die das nicht vergessen werden. Wir dürfen diese Menschen nicht hängenlassen, denn es sind gerade sie, die zu den kulturellen Überzeugungen stehen, um die es derzeit geht im Krieg Russlands gegen die Ukraine.

Solidarität mit Künstler:innen in Not –
Einfluss nutzen, um Einzelnen zu helfen

Aber angesichts des schrecklichen Angriffskriegs, angesichts der Berichte über gleichbleibend hohe Zustimmungsraten in der russischen Bevölkerung für den Krieg: Bedeutet das etwa, dass alles sinnlos war, dass Kulturdiplomatie und Kunstaustausch vielleicht doch nur schöne Zierde bei Sonnenschein sind?

Nein, das glaube ich nicht. Es geht um Kunst, und die ist in ihrem Wesen progressiv, schaffend und nicht zerstörend, steht für ein Einfangen der Realitäten jenseits von Politik und Statistik, für tiefgreifende Auseinandersetzung, aber auf geistigem Weg und nicht mit roher Gewalt. Das brauchen wir, das haben wir bitter nötig und gerade in Russland sollten wir jenen Kreativen die Hand reichen, die das ebenfalls und weiterhin so sehen und leben.

Einflussnahme bekommt in außergewöhnlichen Situationen wie der aktuellen einen sehr praktischen Charakter, nämlich in der Form von Unterstützung abseits jeglicher Interessen, strategischer, auch künstlerischer Überlegungen.

Wenn Künstler:innen ihre Heimat verlieren, geistig und physisch, dann gilt es einfach, von Mensch zu Mensch zu helfen, mit offiziellen Schreiben, mit der Vermittlung zumindest zeitweiliger Unterkunft, mit Zeichen, dass einem die Menschen in Schieflage nicht egal sind. All das kann eine konkrete Hilfe sein. Und da kann Einfluss eine sehr wichtige Rolle spielen, und in einer ganz anderen Weise, nämlich als Einfluss im eigenen Umfeld.

Denn das persönliche Netzwerk ist ganz wesentlich, wenn man praktisch, von Fall zu Fall, einzelnen Künstler:innen helfen möchte. Stets sind die Situationen unterschiedlich, und damit auch die Ansätze zur Hilfeleistung verschieden. Und da ist der Einfluss ganz entscheidend, die Möglichkeit, Rat und Tat im Freundeskreis und unter Kolleg:innen einzuholen.

Ist dann also Einflussnahme zugunsten dieser Personen Kulturdiplomatie? Ich weiß es nicht, aber es ist eine sehr menschliche Weise, Einfluss zu nutzen.

Meine Beobachtung ist übrigens, dass Österreich (wohl sicher auch andere Länder, ich lebe und arbeite einfach hier) in dieser Hinsicht wirklich funktioniert. In einem kleinen Land sind die Wege kurz und viele Türen offen, ich habe das immer wieder sehr dankbar erfahren.

Es gibt natürlich auch immer wieder Enttäuschungen, aber letztlich lernt man schnell zu unterscheiden zwischen echtem Engagement und leerem Geschwätz, seien es Politiker:innen, die nur dort für Freiheit kämpfen, wohin sie die öffentliche Meinung weht, seien es irgendwelche Celebrities, deren Kommentare es immer seltener in die Zeitung schaffen und die es der Gesellschaft dann nicht ersparen, immer noch um Aufmerksamkeit heischend, als selbsternannte Philanthrop:innen zu dilettieren. Dort, wo es auf konkrete Handlungen ankommt, sind diese Leute dann ganz schnell weg. Integrität ist eben weder erblich noch käuflich, eigentlich eine ermutigende Feststellung für all jene einfachen Menschen, die vielleicht weniger privilegiert sind und sich fragen, ob sie denn etwas beitragen können – ja, sie können, ganz bestimmt.

Ich durfte in meiner Arbeit vielen wunderbaren Menschen begegnen, in Österreich wie in Russland, die ihre Kraft nicht für Selbstinszenierung nützen, sondern für den Dienst an anderen: Künstler:innen, Angestellte, Kulturarbeiter:innen, Menschen aus der Wirtschaft oder dem öffentlichen Dienst. Konkretes Engagement hinterlässt Spuren, beeinflusst den Lauf der Dinge, an jedem Ort an dem Menschen in der Gesellschaft ihren Platz haben – und dies ist die Art von Einfluss, an die ich glaube.

Bewusstsein im Business

Sabine Pelzmann

> *Die Qualität der Ergebnisse eines Systems*
> *hängt von der Qualität des Bewusstseins ab,*
> *aus dem die Menschen in diesem System operieren.*
>
> C. O. Scharmer

Unsere Welt ist eine sehr organisierte Welt.

Unser ganzes Leben ist von Organisationen durchzogen. Schulen, Unternehmen, Verwaltungs- und Sozialorganisationen, Krankenhäuser, Universitäten, Banken, Vereine, politische und andere Organisationen – profitorientiert oder nicht – spielen in unserem Leben eine große Rolle. Die Vielfalt von Unternehmen ist groß, sie reicht von öffentlichen Verwaltungen über internationale börsennotierte Unternehmen bis hin zu Ein-Personen-Unternehmen. Die Fähigkeit dieser Organisationen, Leistungen für die Gesellschaft zu erbringen, wirkt sich auf unser aller Zusammenleben aus.

Das Selbstverständnis von Organisationen, ihr (bei öffentlichen Institutionen gesetzlicher) Auftrag, ihre Eingebundenheit in soziale, ökonomische und ökologische Leitplanken des Staates, ihr Umgang mit Kund:innenbedürfnissen, ihre Eigentumsverhältnisse, ihre Ressourcenausstattung, die persönliche Reife der Menschen, die in diesen Organisationen Verantwortung übernehmen und viele andere Faktoren wirken sich auf die Gestaltung und die Wirkung von Organisationen aus. Organisationen sind künstliche Gebilde, sind strukturierte Beziehungsgefüge, die zu einem bestimmten Zweck gegründet wurden.

Viele Menschen in Organisationen sind heute verunsichert, Geschäftsmodelle passen nicht mehr, Arbeitskräfte sind schwer zu finden und (internationale) Lieferketten sind immer weniger planbar geworden. Es wird immer unklarer, wer zur Organisation gehört und wer nicht. Dazu kommen neue Anforderungen der Gesellschaft an Institutionen und Unternehmen. Das eindimensionale neoliberale Unternehmensverständnis aus der zweiten Hälfte des 20. Jahrhunderts scheint (als einzige Orientierung) nicht mehr zu genügen. Unternehmerische „Zukunftskreativität" ist gefragt, und sind es nicht gerade Unternehmen, die notwendige

Transformationen wie zum Beispiel den Umbau in Richtung nachhaltiger Geschäftsmodelle, den Einsatz von veränderten Technologien und den Aufbau tragfähiger Logistikketten umsetzen sollen?

Ich arbeite mit Menschen in Organisationen, hauptsächlich mit Führungskräften, an der Entwicklung ihrer Organisation und ihrer persönlichen Entwicklung. Ziel dabei ist, dass die Organisation selbst und besonders die Menschen innerhalb der Organisation fähig sind, Veränderungen und Transformationen zu meistern, und das in komplexen Kontexten. Man könnte auch sagen, dass ich Lern- und Verlernprozesse konzipiere und begleite.

Unternehmen sollten fähig sein, veränderte Kund:innenbedürfnisse und veränderte Umweltbedingungen wahrzunehmen, sich darauf einzulassen und entsprechende Maßnahmen zu setzen. Diese Kompetenzen gehören quasi zum guten betrieblichen Handeln. Doch das heißt nicht, dass alle Führungskräfte und Organisationen diese auch besitzen.

Im Grunde stehen alle Organisationen vor der Aufgabe, einen vernünftigen, sinnvollen Ausgleich zwischen Stabilität und Veränderung zu finden. Sie müssen einen Mittelweg zwischen der „Selbstlähmung perfekter Ordnung" und der „Willkür perfekter Unordnung"[10] anstreben. Dazu kommt, dass wir es derzeit mit einer „Polykrise" zu tun haben. Das 21. Jahrhundert scheint ein Jahrhundert des massiven Umbruchs in der Menschheitsgeschichte zu werden – bedingt unter anderem durch Klimaveränderungen, technologische Entwicklungen, politische und geopolitische Unsicherheiten.

Unternehmen und Führungskräfte in Organisationen sind also mit einer Situation konfrontiert, in der sie in die Zukunft hinein handeln sollen, die sie aber noch nicht kennen. Und die wachsende Komplexität in Wirtschaft und Gesellschaft wird sich nicht mit mehr Regeln, mehr Kontrolle und mehr Bürokratie bändigen lassen. Die Aufgabe von Führung ist es dann, Entscheidungen in diesen ziemlich komplexen Situationen zu treffen, denen hoffentlich ein Dialog mit Mitarbeitenden vorausgegangen ist.

Dabei besteht oftmals die Gefahr des einseitigen Übersteuerns. Damit meine ich, dass oft zu starke Unternehmensinterventionen gesetzt werden – zum Beispiel Umstrukturierungen, Verschlankungs-, Reengineering-, Change- und Mergerprozesse –, die dann gerade zu den unerwünschten Effekten führen.

Organisationen sind ziemlich träge Systeme, die nur langsam und nur mit hohem Energieaufwand „lernen". Dieses Phänomen nennt man das „Inertia-Phänomen", Organisationen kippen leicht in alte Verhaltensmuster zurück. Führungskräfte haben dabei eine schwierige Aufgabe, sie sollen ihre Mitarbeitenden auf einen Weg mitnehmen, den sie selbst noch nicht kennen, und gleichzeitig Sicherheit vermitteln, obwohl sie selbst verunsichert sind.

Ich überlege mir kollektive Lernprozesse und begleite sie auch. Ich denke, um meine Haltung und Art der Einflussnahme als Beraterin zu verstehen, ist es wichtig, meine Sozialisation zu verstehen. Ich bin auf einem Bauernhof in Kärnten aufgewachsen. Mich hat es immer schon interessiert, wie Menschen zusammenwirken, wie Menschen ihre eigene Macht leben, wie Menschen mit Menschen umgehen und wie man soziale Systeme weiterentwickeln kann. Als Kind hatte ich sehr viel Kontakt zur Natur. Schon damals konnte ich mich, wenn ich ein paar Blätter im Wind betrachtete, in einen schwebenden Zustand erhöhter Aufmerksamkeit bringen, in dem ich mich mit der Welt um mich herum verwoben fühlte. Ich habe mich damals in die Natur „hineingeträumt" und nehme heute Organisationen auch im Zustand erhöhter Aufmerksamkeit wahr.

Auf dem Bauernhof meiner Eltern bin ich in einem System der „unvollständigen" Kreislaufwirtschaft aufgewachsen. Die Zyklen von Säen, Wachsen, Ernten, Verblühen etc. sind mir schon von Kindheit an vertraut und ich habe mich – obwohl ich das damals nicht so ausgedrückt hätte – als Teil eines ökologisch-ökonomisch-sozialen Systems gefühlt. Gleichzeitig habe ich in meiner Herkunftsfamilie, einer bäuerlichen Großfamilie, komplexe Familiendynamiken, Zusammenhalt, Freund:innen, Konflikte, Tabus und Sprachlosigkeit erlebt. Als Mädchen habe ich meine Eltern und Großeltern, meine Brüder, Tanten und Onkel, Cousins und Cousinen beobachtet. Als Organisations- und Führungskräfteberaterin unterstütze ich heute Menschen, meist Führungskräfte dabei, ihre Arbeit zu tun und ihre Organisationen zu gestalten.

Hohe Werte für uns waren, etwas zu tun, etwas umzusetzen, einfach tätig zu sein. Sätze, mit denen ich aufgewachsen bin, waren zum Beispiel „Zu viel Nachdenken bringt nichts" oder „Was man nicht redet, ist nicht."

Dieselben Dynamiken und Muster sehe ich auch oft in der Gesellschaft und in Organisationen, die gerade in einem Entwicklungsprozess stecken: hektische Aktivität in alle Richtungen, aber wenig Erfahrungsaustausch darüber, wie man auf allen Ebenen mit diesen Veränderungen und den damit einhergehenden Sorgen, Ängsten und Widerständen umgehen könnte. Ich habe damals schon ein anbiederndes Verhalten mancher Menschen gegenüber einflussreichen Menschen wahrgenommen (und tue das heute ebenso).

Ich habe erfahren, wie Verantwortung, Liebe und Macht in einem Familiensystem gelebt werden und dass der Ruf eines oder einer Mächtigen in der Familie schützenswert war, auch bei eindeutigen Grenzverletzungen. Ähnliches erlebe ich auch in Organisationen, dass nämlich oftmals die Augen gegenüber eindeutig menschenverachtendem, destruktivem Verhalten von Führungskräften verschlossen werden, wenn nur die Zahlen passen.

Man könnte sagen, dass mich meine Sozialisation im komplexen sozialen System einer bäuerlichen Großfamilie empfänglich dafür gemacht hat, welche Unterschiede soziale Systeme einziehen können, in welchen Bereichen Stigmatisierungen passieren und dass es in allen Systemen notwendig ist, Macht zu begrenzen, da Machtfunktionen deformieren (können) und Menschen sich in Zusammenarbeit mit mächtigen Menschen oft entlang der Verhaltenserwartungen dieser mächtigen Menschen bewegen. Ich habe früh erfahren, dass die Dialog- und Reflexionsfähigkeit kollektiver Systeme eine Basis und auch Grenze für deren Weiterentwicklung ist.

Diese Erfahrungen haben mich dazu geführt, mit Führungskräften zu arbeiten und dazu beizutragen, dass eigenes Führungsverhalten reflektiert wird, dass sich Führungskräfte mit ihren eigenen, durch ihre Machtposition entstandenen Deformationen auseinandersetzen und dass es darum geht, Strukturen und Spielregeln zu bauen, die Macht eingrenzen und mögliche Zukünfte dialogisch verhandelbar machen. Die Haltung von Führungskräften beeinflusst die Kultur in Unternehmen, das Bewusstsein der Führungskraft kann ermöglichen, aber auch verhindern.

Mich interessieren komplexe Systeme, Familien, Organisationen, Gesellschaften. Mein größtes Interesse gilt der Frage, wie Systeme lernen und verlernen können, und wie man diese Prozesse gut anstoßen und begleiten kann. Im Rahmen meines ersten Studiums an der Universität für Bodenkultur habe ich mich auch mit Ökosystemen auseinandergesetzt. Die Frage nach einem guten Umgang mit fragilen Systemen (gesellschaftlich, sozial, ökologisch und ökonomisch) ist für mich derzeit eine der wichtigsten Fragen.

Ich werde als Beraterin geholt, wenn es darum geht, die Organisation in den Suchprozess zu etwas Neuem zu bringen und diesen Lern- oder Verlernprozess zu begleiten.

Andere bei der Einflussnahme unterstützen

Meine Aufgabe ist es, meine Kundinnen und Kunden dabei zu unterstützen, bewusst Einfluss in ihrem Unternehmen auszuüben. Einfluss hat für mich immer einen persönlichen, aber auch einen kulturellen, systemischen und Kontextaspekt.

Seit vielen Jahren hat sich Führungskräfte- und Organisationsberatung als eigenes Berufsfeld herausgebildet. Dies zeigt auch, dass es wichtig ist, Menschen in Organisationen (gemeinsam) lernen zu lassen. Organisationsberatung hat die Aufgabe, diesen kollektiven Prozess des Lernens zu begleiten und mit den Menschen in den Organisationen sozusagen an ihrem „blinden Fleck" zu arbeiten. In den von mir begleiteten Beratungsprozessen geht es nicht um reine Diagnose oder um eine nur fachliche Beratung. Es geht um die persönliche und fachliche Begleitung von einzelnen Menschen und von Teams in diesem individuellen und kollektiven Entwicklungsprozess, in dem die Organisation Neues lernen und Altes verlernen muss.

Als Organisationsberaterin und Absolventin der Universität für Bodenkultur habe ich gelernt, dass man komplexe Systeme nicht steuern kann – und Organisationen sind eindeutig komplexe soziale Systeme. Wir müssen uns davor hüten, komplexe Systeme auf einzelne und messbare Parameter zu reduzieren. Komplexe Systeme verlangen interdisziplinäre Kommunikation und die Bereitschaft, aus dieser komplexen dynamischen Situation etwas zu lernen. Oft fragen wir uns in solchen Krisensituationen: „Was läuft alles schief?", und nicht: „Wohin führt es, wenn wir die Richtung nicht ändern?", „Wohin führt es, wenn wir so weitermachen?", oder: „Was läuft alles gut und warum?"

Herausfordernde Situationen in Unternehmen sind eine Schule des Denkens. Wie kommen wir zu Information? Wie bewerten wir welche Information und warum? Wie lesen wir Statistiken? Wie verknüpfen wir soziale, ökologische und ökonomische Daten? Mit wem debattieren wir? Woher kommen unsere Argumente? Wie bewusst sind wir in Bezug auf unsere eigenen Denkschemata? Wie kommt eine Entscheidung zustande und wen beziehen wir in diesen Nachdenkprozess ein?

Mächtige lernen oft allein

Führungskräfte suchen oft Einzelberatung, zum einen, weil sie wissen, dass sie dadurch im Führungshandeln wirksamer werden können, und zum anderen, weil sie oft nicht offen mit Kolleg:innen, ihren eigenen Führungskräften und Mitarbeitenden sprechen können. In der Organisationsberatung geht es darum, Menschen in Organisationen zu begleiten, ihre Organisation (Ziele, Kultur, Struktur, Prozesse) und ihre Art der Zusammenarbeit zu reflektieren und weiterzuentwickeln, um den aktuellen und zukünftigen Anforderungen gerecht zu werden. Auch unbewusste Prozesse spielen für die Führung, für das Wirksam-Werden in Organisationen eine große Rolle.

Meine Rolle als Organisationsentwicklerin ist es, für meine Kund:innen als Dialogpartnerin da zu sein, mit ihnen in eine tragfähige Beziehung zu gehen, und gleichzeitig sozusagen „draußen" zu bleiben, dem Unternehmenssystem nicht zugehörig zu sein und damit immer wieder eine Metaperspektive einnehmen zu können.

Diese Regulation des Nähe-Distanz-Verhältnisses ist für mich nicht einfach, da mir viele meiner Kund:innen

sehr vertraut sind und offen mit mir über ihre beruflichen Fragen und die Gestaltung beruflicher Beziehungen sprechen. Es geht darum, meinen Kund:innen und
dem Unternehmenssystem nahe zu sein, mit beiden in
Resonanz zu gehen und gleichzeitig in einer „Metaposition" zu bleiben.

Mir persönlich haben zwei Erfahrungen dabei sehr
geholfen. Das eine ist die Geschwisterkonstellation, in
der ich aufgewachsen bin. Ich bin die Älteste von drei
Kindern, meine beiden jüngeren Brüder sind Zwillinge.
Ich bin also damit aufgewachsen, dass meine beiden
Brüder einander immer näher waren, als ich es ihnen
sein konnte. Dieselbe Konstellation wiederholt sich in
meinen Beratungsprojekten, andere Menschen sind einander näher – und aus dieser Nähe und zugleich auch
Distanz gilt es, sie als Beraterin zu begleiten.

Die zweite Erfahrung ist eine Lernerfahrung. Ich
wurde als Unternehmensberaterin in einem mittel-
großen Beratungsunternehmen geprägt, in dem ich die
systemische Beraterinnenrolle kennenlernen durfte,
also Beratung aus einer bestimmten Distanz, um das
Unternehmenssystem gut überblicken zu können, Beobachtungen einzubringen, dabei aber selbst möglichst
keine, oder zumindest wenig Gefühle zu zeigen.

Für mich war es ein Ankommen bei mir selbst, als
ich eine mehrjährige integrative Beratungsausbil-
dung entlang der Zugänge der Integrativen Thera-

pie nach Hilarion Petzold machte und mich mit der prozessorientierten Psychologie nach Arnold Mindell beschäftigte.

In diesen beiden Ausbildungen wurde ich bestärkt, mein eigenes Erleben, meine Gefühle und mein Spüren, natürlich auch meine fachliche Expertise, in meine Beratungsprozesse einzubringen. Ich möchte es so umschreiben, dass ich eine „geländegängige" Beraterin bin. Ich arbeite in unterschiedlichen Branchen und doch gibt es ein konstantes Kriterium: Ich arbeite hauptsächlich in Organisationen, in denen Wissen weiterentwickelt wird. Wir Berater:innen nennen diese Organisationen auch „Expert:innenorganisationen". Meine Auftraggeber:innen und Kund:innen aus solchen Expert:innenorganisationen können ihre Anliegen und ihre Überlegungen differenziert formulieren und benötigen für ihre Arbeit spezielles Know-how.

Wenn ich das, was ich beruflich tue, in einem Satz ausdrücken möchte, dann ist es meine Aufgabe, Menschen, meist Führungskräften, bei ihrer Arbeit zu helfen. In unsicheren Zeiten suchen Menschen Unterstützung, um ihre Sicherheit, ihr Vertrauen wiedergewinnen und aufrechterhalten zu können, um Entscheidungen treffen zu können. Ich begleite einzelne Menschen und Gruppen beim Nachdenken.

Einzelne Menschen und Organisationen kommen zu mir, wenn sie etwas verändern möchten, wenn es gerade irgendwo klemmt, im Selbstverständnis, in der Zusammenarbeit oder mit den Anforderungen der Umwelt. Meine Arbeit ist es, meine Kund:innen dabei zu begleiten, mit ihrer Unsicherheit umzugehen, eine Situation mehrperspektivisch wahrzunehmen und auf mehreren Ebenen durchzudenken, um dann eine gute Entscheidung treffen zu können.

Auf der Organisationsebene geht es darum, neue Organisationstypen zu entwickeln, die einerseits stabilitätsorientierte Elemente und Prinzipien haben, andererseits flexible Steuerung ermöglichen und Verantwortung an Mitarbeiter:innen zur Gestaltung selbstgesteuerter Einheiten abtreten. Organisationseinheiten sind für viele Menschen wie Zelte, in denen sie sich eingerichtet haben. Wenn nun die gesamte Zeltkonstruktion eines Unternehmens verändert wird, gibt es oft Widerstände, weil viele Mitarbeitende sich bei diesen Umstrukturierungsprozessen machtlos fühlen. Mein Anliegen ist es dann, eine partizipative Neuaufstellung der Organisationen umzusetzen.

Was mich antreibt, ist, individuelle und kollektive Prozesse gestalten und begleiten zu können, um das herausformen zu helfen, was notwendig für die Zukunft erscheint. Die heutige „volle" Welt braucht andere Orientierungen – also andere Werte – und eine andere ökonomische Organisation.[11] Es ist der Wunsch nach Zukunftsfähigkeit, Gerechtigkeit und die Entwicklung der Gestaltung von Strukturen und Regelwerken, die es ermöglichen, dysfunktionales Ausüben von Macht zu begrenzen und Menschen zu ermächtigen, gestaltend einzugreifen. Es geht um die Fähigkeit, die eigene Wahrnehmung weiterzuentwickeln und sich in ein konstruktives Miteinander jenseits aller Hierarchien und beruflicher Sozialisationen einzubringen.

Menschen kommen zu mir, um ihre Führungsrolle zu reflektieren, sie wirksamer zu verkörpern oder an einer speziellen Führungssituation oder einer wichtigen Entscheidung zu arbeiten. Ich bin in diesen Gesprächen eine Zuhörende, eine Fragende, eine Strukturierende und eine, die neue Aspekte in die Themenstellung einbringt. Bei den Beratungen geht es immer auch darum, welche Vorstellungen die Führungskräfte von einer Organisation und einer Führungsrolle haben. Im Grunde erlebe ich bei den meisten meiner Kund:innen, dass sie kooperativ situativ führen möchten und dies meist auch tun. Und doch kann es sein, dass in Zeiten von Stress, großer Anstrengung und Erfolgsdruck sozusagen als Copingstrategie ein ganz anderes Führungsverhalten gezeigt und von den Mitarbeitenden erlebt wird. Da gibt es dann die rigide Geschäftsführerin und den dominanten Vorstand, Menschen, die sich lieber selbst zuhören als anderen.

In Einzelcoachings werden auch Themen wie die Abstimmung und Balance von beruflichen und privaten Rollen, die Bewältigung existenzieller Krisen im Zusammenhang mit dem Beruf sowie die eigene Sinnsuche reflektiert, die über das rein Funktionale hinausgeht.

In Resonanz gehen und rückspiegeln

Die genaue Art und Weise, wie ich in Einzelcoachings und Workshops Einfluss nehme, ist gar nicht so einfach zu fassen. Ich versuche, in Resonanz zu gehen, wahrzunehmen und meine Beobachtungen und Empfindungen meinen Kund:innen zurückzuspiegeln und darüber ins Gespräch zu kommen. Ich bringe mich ein.

Denken Sie sich zum Beispiel einen Abteilungsworkshop, dessen Ziel es ist, die Zusammenarbeit der Mitarbeitenden dieser Abteilung untereinander zu verbessern. Der Abteilungsleiter ist ein engagierter, erfahrener Mann. Doch mir fällt auf, dass er nach einer, maximal zwei Wortmeldungen einzelner Teammitglieder das Gespräch an sich zieht, die Situation aus seiner Sicht deutet und bewertet und damit jedes Gespräch in diesem Workshop beendet. Er lässt seinen Mitarbeitenden wenig Raum, ihre eigenen Anliegen und Überlegungen zu entfalten. Wie gehe ich als Beraterin damit um?

Zunächst besprechen wir das Modell des schöpferischen Dialogs von Claus Otto Scharmer, in dem es darum geht, dass durch tiefes Zuhören ein generativer Dialog entstehen kann, weiters bringe ich ein Modell ein, demzufolge Führungskräfte Kulturschöpfer:innen sind (dieser Begriff wurde von Edgar Schein geprägt) und mit der Art und Weise, wie sie führen, wie sie kommunizieren, wie sie in Konflikt gehen, bestimmte Teamkulturen ermöglichen oder verhindern. Ich lasse die Teilnehmenden in einer Kleingruppe darüber diskutieren, wie sie die Kultur in ihrer Abteilung beschreiben würden und welche Handlungen sie setzen können, um die Kultur konstruktiv weiterzuentwickeln.

Mit dem Abteilungsleiter vereinbare ich eine Nachbesprechung, um ihn zu fragen, wie er sein eigenes Verhalten im Team einschätzt und ob er Interesse hat, meine Beobachtungen zu hören. Daraus entspinnt sich dann ein Dialog, und er erzählt mir, dass er oft die Sorge hat, zu wenig zu führen.

Ich achte darauf, dass niemand in Team- und Organisationsberatungen das Gesicht verliert und dass sich gewissermaßen ein gemeinsamer „Lerngeist" entwickelt. Es geht nicht darum, etwas richtig oder falsch zu machen und ich kann als Beraterin auch gar nicht beurteilen, welches Verhalten, welche Entscheidungen die richtigen sind, aber ich kann meine Beobachtungen zur Verfügung stellen und den Reflexionsprozess gestalten. Um Interventionen zu setzen, die diesen Entwicklungsprozess anregen, habe ich gelernt, mich selbst und andere gut wahrzunehmen.

Diese Aufmerksamkeit auf mein Gegenüber und darauf, wie mein Körper auf eine Organisation, auf eine Schilderung einer herausfordernden Situation reagiert, führt mich dazu, Interventionen zu setzen. Manchmal verlagere ich mein Aufmerksamkeitsfeld auch bewusst.

Ich halte es für einen großen Schritt, wenn Kund:innen über ihre Situation sprechen und zugeben können, dass sie Unterstützung suchen. Das Bild der Führungskraft als Alleskönner:in ist immer noch weit verbreitet und deshalb ist es in manchen Unternehmen nicht selbstverständlich, sich in der Führungsarbeit und in der Weiterentwicklung der Organisation beraten zu lassen.

Ich schätze es sehr, wenn meine Kund:innen sich vertrauensvoll öffnen und über ihre Ziele, Ängste und ihre Fragen sprechen können. Und mir ist bewusst, dass meine Kund:innen eine für sie asymmetrische Rolle annehmen, denn sie sind in ihren Unternehmen oft diejenigen, die ein Gespräch steuern, die etwas zu sagen haben und nach deren Meinung sich andere Menschen richten. Mir ist sehr bewusst, dass es nicht einfach ist, sich in solchen Positionen Hilfe zu suchen.

Wenn ich meine Beratungsphilosophie erklären müsste, würde ich sagen, dass ich versuche, Beratungssituationen auf Augenhöhe gestalten, dass ich also eher eine warmherzige, ressourcenstärkende Beraterin bin und als eine, die konfrontiert. Für mich ist es auch sehr wichtig, partizipative demokratische Settings zu gestalten, in denen Gespräche zwischen Menschen unterschiedlicher Hierarchiestufen möglich sind.

Ich schätze meine Kund:innen sehr und bin dankbar, wie viel ich von ihnen lernen durfte und darf. Ich trete in einen Resonanzprozess mit meinen Kund:innen und versuche, eine Willkommenssituation für die Kund:innen zu schaffen, die es ihnen ermöglicht, mir ihre Fragestellungen offen zu erzählen.

Mein Einfluss, würde ich sagen, entsteht zunächst dann, wenn es möglich ist, eine Beziehung mit meinen Kund:innen aufzubauen und im Rahmen meiner Möglichkeiten diese Beziehung mitzugestalten. Wichtig dabei erscheint mir das von Bushe und Marshak beschriebene Konzept der „dialogischen Organisationsentwicklung"[12], im Gegensatz zur diagnostischen Organisationsentwicklung, da komplexe Probleme heutzutage zumeist keine technischen Probleme sind, die mit einem Maschinenverständnis lösbar wären.

Reflexionsprozesse anstoßen

Ich arbeite mit Menschen, die Führungsverantwortung haben. Mein Anliegen ist, sie dabei zu begleiten, ihre Macht wertorientiert einzusetzen und ihre (Führungs-) Rolle konstruktiv wahrzunehmen.

Damit sie dazu in der Lage sind, braucht es die Reflexion der eigenen (organisationalen) Sozialisation. Ich reflektiere mit ihnen, wie ihr Verhältnis zu Macht und

Einflussnahme aussieht und welche Motive sie antreiben, eine Führungsrolle und vielleicht auch eine machtvolle Führungsrolle einzunehmen.

Schon als Mädchen war ich fasziniert von Details, und auch jetzt als erwachsene Frau geht es mir so. Ich kann lange Zeit die Bewegungen eines Menschen oder die Natur betrachten. Ich beobachte gerne Details und denke, dass ich einfach neugierig bin – Menschen, ihre Geschichte und ihr Verhalten und auch ihre Einflussmöglichkeiten in ihren Organisations- und Familiensystemen faszinieren mich und ich interessiere mich dafür, welche Verhaltensroutinen und Prozesse sich in Organisationen etabliert haben. Dieses Interesse an Organisationen, was diese ausmacht und wie ich dazu beitragen kann, dass die Menschen und die Organisation sich in einem konstruktiven Sinn weiterentwickeln, hat mich immer interessiert und wird mich – so denke ich – immer interessieren.

Ich nehme Organisationen auf verschiedenen Ebenen wahr, ich spüre Organisationen: wie es sich anfühlt, das Gebäude zu betreten, wie Organisationen riechen, wie sich Meetings anfühlen und was die Sprache mancher Organisationen mit mir macht. Es gibt harmonisierende, spitze, schroffe und andere Kommunikationsstile, es gibt subtile und offene Demütigungen oder Ermutigungen. Es gibt unterschiedliche Prozesse, um zu Entscheidungen zu kommen, es gibt unterschiedliche

Aufgaben, unterschiedliche Ressourcenausstattungen, unterschiedliche Strategien, unterschiedliche Kontexte und Menschen mit unterschiedlichen beruflichen Sozialisationen und hundert Dinge mehr.

Individueller, organisatorischer und gesellschaftlicher Wandel gehören zusammen

Es klingt vielleicht seltsam, aber ich mag die Organisationen, in denen ich arbeite. Manchmal komme ich mir vor wie eine Forscherin, die versucht, in diesen komplexen Organisationssystemen herauszufinden, welche Schritte die Organisation dabei unterstützen könnten, ihre Ziele zu erreichen. Das ist auch der Grund, warum ich längere, reflexive Begleitungsprozesse sehr schätze: weil sie ein gemeinsames Lernen ermöglichen. Bei längeren Beratungsprozessen – und ich denke, da bin ich wirksamer – formuliere ich immer wieder Hypothesen, stelle sie meinen Auftraggeber:innen zur Verfügung und diskutiere mit ihnen nächste Schritte.

Nach meiner Erfahrung ist es wichtig, Organisationen nicht zu übersteuern, nicht zu viel Druck auf die und in der Organisation auszuüben, damit die Selbststeuerung der Organisation möglich bleibt. Wenn ich Struktur- und Kulturentwicklungsprojekte begleite, frage ich viel und lasse mir von Organisationsmitgliedern erklären, wie die Organisation funktioniert und welche Bilder sie von ihrem eigenen Unternehmen haben. Es ist ein Hineinhören, ein Hineinspüren in die Organisation – und diese Wahrnehmung verknüpft sich mit meiner Kompetenz und meiner Erfahrung, sodass daraus konkrete Interventionsvorschläge entstehen, die ich dann meinen Auftraggeber:innen vorstelle.

Ich würde sagen, dass ich auf vier Ebenen in Organisationen arbeite: die erste Ebene ist der Metaprozess, das Grobdesign für den Auftrag, der Fahrplan gewissermaßen. Das können Strategie- oder Transformationsprozesse, Lernarchitekturen sein. Auf der zweiten Ebene gestalte ich Workshops, erstelle Designs, überlege mir also Fragestellungen und methodische Vorgehensweisen. Viele Kund:innen lassen mir dabei vollkommen freie Hand, mit anderen stimme ich die Designs ab, entwickle sie in einem dialogischen Setting mit meinen Auftraggeber:innen oder auch mit Teams. Um gute Designs zu erstellen, geht es darum, den Reifegrad der Organisation gut einzuschätzen, grundlegende Fragen zu beantworten: Ist es zum Beispiel möglich, über die Machtzuschreibungen und deren Bedeutung für die Entscheidungsfindung in einem Management-Team zu reflektieren, oder geht es zuerst einmal darum, den Prozess der Entscheidungsbildung in diesem Team zu erarbeiten?

Die dritte Ebene der Beratung ist die Mikroebene, die unmittelbare Zusammenarbeit in den Workshops. Ziel ist es für mich, dort eine Kommunikationskultur erlebbar zu machen, die die Organisation in Bezug auf ihre Kommunikationsfähigkeit und ihre Reflexionsfähigkeit weiterbringt. Das kann bedeuten, dass ich in manchen Workshops bewusst die Kommunikation unterbreche und die Teilnehmenden reflektieren lasse, wie sie gerade miteinander gesprochen haben und was ihnen dabei aufgefallen ist. Ich versuche das Gespräch eher zu verlangsamen und die Teilnehmenden individuell und als Team zu stärken.

Die vierte Ebene ist meine Haltung, meine Stimmung. Ich merke, dass es einen Unterschied macht, ob ich sehr präsent, bewusst und ausgeruht einen Workshop oder ein Coaching starte oder nicht. Meine Stimmung, meine Präsenz und die Art und Weise, wie ich wirklich „da" bin, bei Vorträgen, in Moderationen, Beratungen und Coachings, sind dabei entscheidend.

Deshalb übe ich mich schon seit vielen Jahren in einer liebevollen Zugewandtheit zu mir selbst und zu meinen Kund:innen. Dieses Üben passiert über regelmäßige Meditation, im Alleinsein in der Natur, beim künstlerischen Arbeiten (ich bin auch Bildhauerin) und in regelmäßigen holotropen Atemroutinen. Dabei gelingt es mir, in geführten Atemsitzungen, in denen ich lange und tief atme, mit meinem Körper in einen tiefen Bewusstseinszustand einzutreten. Ich beobachte, dass mein Arbeiten an meiner Zugewandtheit meine Wirksamkeit als Beraterin sehr positiv beeinflusst hat und beeinflusst.

Organisationen sind, so würde ich sagen, janusköpfig, sie geben einerseits Sicherheit, sind aber andererseits auch Einengung. Deshalb reflektiere ich mit meinen Kund:innen auch ihre eigene „Organisationsgeschichte".

Vielleicht könnte man sagen, dass ich *mittelbar* Einfluss nehme: Ich arbeite mit Führungskräften, deren Aufgabe es per Definition ist, Einfluss zu nehmen und andere zum kollektiven Handeln zu bringen. Für mich ist das „Führen" von Organisationseinheiten ein eigener Beruf und ich beobachte, dass es für viele Führungskräfte nicht gerade einfach ist, das richtige Maß an Einflussnahme zu finden, also nicht zu viel, aber auch nicht zu wenig Einfluss zu nehmen. Und dass jeder Mensch und damit auch jede Führungsbeziehung anders ist.

Wer an der Macht ist, setzt sich automatisch der Versuchung aus, sie zu missbrauchen. Viele haben darüber geschrieben, unter anderem auch der amerikanische Psychologe Dacher Keltner.[13]

Ich begleite Menschen dabei, etwas zu bewirken, ihren Traum zu leben, sich selbstständig zu machen, ein Unternehmen, eine Organisationseinheit zu führen. Diese Menschen wollen etwas bewirken und Einfluss nehmen auf die Welt.

Einfluss zu haben bedeutet, die Welt verändern zu können, insbesondere, wenn wir mit Hilfe unseres Einflusses andere Menschen in unserem sozialen Umfeld inspirieren und vielleicht sogar aufrütteln. Manchmal

geht es darum, durch das Zuhören einen Raum zu schaffen für etwas, das sich bei unserem Gegenüber gerade
entfalten möchte. Das ist neben meiner Beratungskom-
petenz ein Teil meiner Einflussnahme.

Führungskräfte wirken logischerweise in die Organisation und in ihr unmittelbares Teamumfeld. So kann
zum Beispiel eine Führungskraft mit einem sehr kon-
trollorientierten Führungsstil darauf achten, Führungssituationen zu schaffen, die diese Kontrolle ermöglichen
und eben Führungssituationen zu vermeiden, die offene
dialogische Prozesse ermöglichen.

Einfluss wird verliehen

Einfluss ist etwas, das uns von anderen gewährt wird.
Wir können an Einfluss gewinnen, wenn wir Wege finden, das Leben anderer in unserer privaten und beruflichen Umgebung zu verbessern.

Indem meine Kund:innen Coachingstunden oder Be-
ratungstage bei mir kaufen, gestehen sie mir Einfluss
zu. Sie wählen mich als Beraterin, weil sie erwarten,
dass ich durch mein Reden und Handeln ihre Situation
klarer mache, wodurch sie wiederum einen anderen
Blick auf diese Situation und ihre Möglichkeiten eröffnet
bekommen. Ich berate sie dabei, ihre Situation zu verbessern, wenn ich sie ermutige, wenn ich mir von ihnen
erzählen lasse, welche Kompetenzen sie haben, wenn
ich nachfrage, wer sie bei ihrem Handeln unterstützt.

Ich habe demnach Einfluss, indem ich in Beziehung gehe – und für meinen Einfluss wird gezahlt.

Einfluss zu haben ist einerseits etwas Positives, dieses Gefühl kann unserem Leben Sinn geben, weil wir spüren, dass wir etwas bewirken können. Aber natürlich gibt es andererseits auch den Missbrauch von Einfluss. Für Führungskräfte und natürlich auch für mich selbst bedeutet das, dass es darum geht, sich in Demut zu üben. Die Kund:innen müssen lernen, auch in einer Machtposition interessiert und aufmerksam und liebevoll zu bleiben. Auch dabei versuche ich sie zu unterstützen.

Was ich konkret tue, lässt sich auch leicht in Worte fassen: Ich höre zu. Ich stelle Fragen. Ich versuche einen Rahmen für das Nachdenken und den Dialog zu schaffen – eine Struktur. Bei diesen Prozessen versuche ich möglichst präsent und gleichzeitig in einer schwebenden Aufmerksamkeit zu sein. Ich bringe mein Prozess- und mein Fachwissen ein. Ich versuche, Zeit und Raum zu geben. Ich gehe in eine Beziehung zu meinen Kund:innen.

In Beratungsgesprächen höre ich mir die Anliegen meiner Kundinnen an. Ich versuche, in einer unvoreingenommenen Haltung der Zugewandtheit zu hören. Ich bin sicher, dass liebevolles Zuhören etwas beim oder bei der Sprechenden verändert, bereits das Formulieren der eigenen Befindlichkeit und der eigenen Fragen und Überlegungen bringt oft Klarheit. In manchen Beratungsprozessen geht es darum, Menschen den Raum zu geben, zu sprechen, selbst zuzuhören oder dafür zu sorgen, dass ihnen in ihren relevanten Umwelten zugehört wird. Ich bekomme immer wieder die Rückmeldung, dass ich eine Art „Entwicklungsmäzenin" bin. Ich würde es so ausdrücken, das ich das zerbrechliche Neue, das sich bei meinen Kund:innen zu entwickeln beginnt, ganzheitlich zu erfassen versuche. Es ist das gemeinsame Erkunden einer möglichen Zukunft.

Dieses Zuhören ist mehr als ein stilles Dasitzen und Hinhören, denn hinter dem aktiven Zuhören soll ein aufmerksames Zugewandtsein stehen, ein Horchen auf das, was sich für mich als Zuhörende eröffnet in diesem aktiven, ja radikalen Zuhören.

Dieses radikale Zuhören braucht meine Präsenz, meine Wachheit, meine Bereitschaft, mich einzulassen. Es funktioniert nicht, wenn ich müde bin, wenn ich voller eigener Gedanken bin. Dieses radikale Zuhören ist möglich, wenn ich in einer Art schwebender Aufmerksamkeit bin, in einem unfokussierten Gewahrsein. Otto Scharmer[14] hat diesen Zustand als Presencing beschrieben, das ist für ihn eine Kombination aus dem „Präsent-Sein" und dem „Sensing", dem Spüren.

Manchmal stelle ich Fragen, um die Situation in den Kontext einordnen zu können. Es sind offene Fragen, es sind baumelnde Fragen, die etwas bei den Sprechenden ermöglichen sollen. Mir ist sehr bewusst, dass

meine Fragen lenken, den Fokus auf etwas richten können. Das bedeutet im Positiven, dass meine Fragen für
meine Kund:innen eine Erweiterung bieten können. Es
könnte natürlich auch bedeuten, dass meine Fragen
die Kund:innen von ihrem eigentlichen Thema weg-
führen. Manchmal sind Fragen möglichkeitsanbietend.
„Es wäre eine Möglichkeit, auch in diese Richtung zu
gehen ..." Fragen sollen Räume für meine Kund:innen
eröffnen, ausloten, mehr Klarheit bringen. Oder auch
nur helfen, herauszufinden, worum es geht.

Da gibt es die Möglichkeit, systemische Fragen zu
stellen in der Art: Wie würde Ihr:e Kolleg:in, Ihre Führungskraft, Ihr:e Partner:in diese Situation sehen? Oder
es gilt, eine Metaposition einzunehmen: Wenn Sie sich
von außen betrachten würden – welche Fragen würden
Sie sich in dieser Situation stellen? In Workshops und
Gruppenberatungen spielt es eine große Rolle, wann
welche Fragen gestellt werden. Und dann gibt es die
wirklich wichtigen Fragen, die zur richtigen Zeit kommen müssen, die uns irritieren, uns herausfordern. Wie
zum Beispiel: Auf welche Frage möchte ich mit meinem
Leben eine Antwort geben? Was ist der wirkliche Zweck
dieser Gemeinschaft, dieser Organisation? Wofür wären
wir bereit, zu sterben? Wen oder was haben wir in unserem Leben wirklich geliebt?

Mut braucht Demut

In komplexen Systemen ist es notwendig, wildes Herum-
agieren zu vermeiden, weil diese dadurch instabil werden können. Viele meist jüngere Führungskräfte müssen
erst lernen, eine Organisation nicht zu übersteuern und
lernen, dass Unternehmensentscheidungen intendierte,
aber auch nicht intendierte Wirkungen nach sich ziehen
können. Und dass umsichtiges Steuern notwendig ist, da
komplexe Organisationen ihre Eigendynamiken haben.

Manchmal kommt es zu destruktiven Machtkämpfen,
mit Kolleg:innen oder potenziellen Nachfolger:innen –
den Kronprinzen und Kronprinzessinnen. In Familien-
unternehmen kann es auch die Tendenz geben, keine
soliden Nachfolger:innen heranzuziehen und das eigene
Unternehmen lieber zu zerstören, als sich selbst als er-
setzbar und „sterblich" zu erleben. Oft geht es um das
Stützen von Einzelpersonen und Teams in der Konfrontation mit der Realität, um Verleugnungen und Reali-
tätsverzerrungen entgegenzuwirken.

Wo ich mich machtlos fühle? Ich bin ambivalent, wenn
es um die Beschreibung meines Einflusses als Organisationsberaterin geht. Ich bin mächtig in der Hinsicht,
dass ich Prozesse gestalten kann, dass ich Know-how
einbringe, dass ich Projekte in die Welt setze, die etwas
bewirken sollen. Ich mache Vorschläge zur Gestaltung
und Entwicklung der Organisation, zu den Spielregeln
der Steuerung und der Zusammenarbeit.

Andererseits bin ich ohnmächtig, im Sinne von Funktionsmacht. Als Prozessberaterin treffe ich keine Entscheidungen, vielmehr werden diese von meinen Auftraggeber:innen gefällt.

Die Frage nach meinem Einfluss könnte man als Frage danach formulieren, wie viel Einfluss der Prozess der Entscheidungsvorbereitung, der Prozess des Bewegung-in-ein-System-Bringens, der Prozess der Gestaltung von Changevorhaben und der individuellen Begleitung von (mächtigen) Menschen dabei hat, ihre Karriere- und Gestaltungsentscheidungen in einem für sie konstruktiven Sinn zu treffen.

Gekoppelter Lernprozess und Re-Purposing

Die Art und Weise, wie wir Organisationen denken und aufstellen, ist in Veränderung begriffen. Die Suche nach Agilität, nach alternativen Formen von Entscheidungsfindung oder nach alternativen Selbstverständnissen jenseits des ökonomisch Expansiven beschäftigt die Menschen in Organisationen. „Re-Purposing", wie Göpel[15] diesen Prozess der Neudefinition von unternehmerischen Zwecken nennt, ist vielleicht eine mögliche Antwort darauf, wie Unternehmen konsequent auf gesellschaftliche Herausforderungen reagieren können. Organisationen können ihre Strategien neu definieren und ihre Wertschöpfungsketten reorganisieren. Für mich sind Organisationen Systeme, in denen individuelle, unternehmerische und gesellschaftliche Lernprozesse angestoßen werden können. Unternehmen sind strukturpolitische[16] und kulturprägende Akteure und haben gesellschaftliche Mitverantwortung.

Die Werte und Haltungen, die durch Unternehmen und Führungskräfte nach außen getragen werden, „drücken" sich in die Gesellschaft ein. Wie bestimmte Haltungen durch Steuerungs-, Anreiz- und organisatorische Kommunikation gestützt werden, ist gesellschaftlich beeinflusst und beeinflusst wiederum die Gesellschaft. Wie sich ein Unternehmen in Zukunft um ökologische und soziale Anliegen kümmert (kümmern muss), ist nicht nur eine Frage gesetzlicher Regelungen, sondern auch der öffentlichen Aufmerksamkeit.

Denkpfade und Denkmuster in Frage stellen

In einer komplexen Situation ist es sinnvoll, noch einmal vom Anfang her zu denken und uns auf unserem bisherigen Denkpfad nicht allzu sicher zu fühlen. Es geht darum, zu überlegen, ob die Ziele unseres Handelns in dieser Form für uns passen oder ob es vielleicht sinnvoll wäre, die Ziele in diesem komplexen System noch einmal neu zu definieren. Übertragen auf die aktuellen unternehmerischen Herausforderungen (ökologische, technologische, ökonomische, institutionelle und kulturelle Umbrüche) bedeutet das, dass wir uns überlegen könnten, die strategischen Ziele des jeweiligen Unternehmens (vollständig) neu zu formulieren. Viele Unternehmen befinden sich in einem Dilemma, etwas Neues in die Welt bringen zu wollen und gleichzeitig in alten, bestehenden Logiken arbeiten zu müssen.

Je mehr Beratungserfahrung ich sammle, und ich berate jetzt seit über 25 Jahren, desto bewusster wird mir, dass es im Grunde wenig ist, was ich tue. Ich denke, wir Berater:innen müssen die Fähigkeit entwickeln, das Ineinanderwirken personaler und organisationaler Strukturen wahrzunehmen und demgemäß Lernprozesse zur Weiterentwicklung anbieten.

Ich weiß, dass der Anfang eines Beratungstages, einer Coachingsequenz den Unterschied macht. Kann ich als Person Sicherheit geben, spüren meine Kund:innen liebevolle Zugewandtheit und Kompetenz von mir? Und das hat sehr viel damit zu tun, dass ich auf der einen Seite Struktur gebe und Präsenz zeige und auf der anderen Seite wirklich zugewandt bin. Das bedeutet für mich, eine Zartheit in mir zu spüren, eine Leichtigkeit, bei der gleichzeitigen Fähigkeit, präsent zu sein.

Die Gleichzeitigkeit beider Rollen kenne und beherrsche ich erst seit Kurzem. Dass diese Haltungen der liebevollen Zugewandtheit einerseits und des strukturgebenden Steuerns andererseits gleichzeitig möglich sind, erfüllt mich mit Freude.

Je mehr ich darüber nachdenke, wie ich Einfluss nehme, desto bewusster wird mir, dass meine Stimmung, die Art, wie ich mich in meinem Körper und mit meinen Gedanken fühle, mich selbst und damit andere beeinflusst.

Wenn Freude in mir ist, wenn ich das Gefühl habe, in mir zu fließen, dann bringe ich mich anders in die Welt ein. Ich lache. Die Fröhlichkeit in mir macht mich fließender und steckt andere an. Es ist mein Sein, dass einen Einfluss hat. Der Soziologe Hartmut Rosa[17] beschreibt dies als Resonanz, als Beziehung zwischen uns Menschen und der Welt. Der Grundmodus menschlichen Daseins ist die in der Responsivität zwischen Menschen und Welt begründete menschliche Leiblichkeit, Psyche und auch Sozialität. Im sogenannten Resonanzmodus erfahren wir Menschen die Welt nicht als etwas, das es zu kennen, zu erreichen, zu kontrollieren und nutzbar zu machen gilt. Vielmehr ist es ein die Welt erfahrender Beziehungsmodus, der von der Bereitschaft geprägt ist, offen für Signale zu sein und auf diese einzugehen.

Ich begleite meine Kund:innen, Menschen und Organisationen, dabei, sich auf das Spiel des Werdens und des (Ver-)Lernens einzulassen. Es geht darum, zentriert zu sein, eine reflexive Haltung zur eigenen Situation zu kultivieren und gleichzeitig in einem resonanten Modus zu sein, damit Neues entstehen kann.

Die basale Frage, die Gegenstand unserer Reflexionsbemühungen sein sollte, ist, wer wir für uns selbst und die Welt sein wollen, und nicht, wer wir bereits sind. Es geht darum, die eigene Anwesenheit für sich selbst und in der Welt zu bejahen und eine Form von Zentriertheit zu erreichen. Viele Veränderungen gehen von Einzelpersonen aus, von Menschen, die Veränderungen in ihrem Umfeld und in ihren Organisationen anstoßen. Dazu gehören Haltung, Wissen und Fähigkeiten.

Die entscheidenden Zutaten guter Beratung sind oftmals gar nicht sichtbar, es sind Qualitäten wie Haltung, meine Präsenz als Beraterin, meine grundsätzliche Offenheit, natürlich auch mein Fachwissen, mein Staunen über ein System und mein behutsames Nachdenken darüber, was denn in der einen oder anderen komplexen Situation helfen könnte. Otto Scharmer[18] sagt: „Organisationen sind Landebahnen für die Zukunft" – und damit ein guter Ort für meine Einflussnahme.

Jugend und Eltern stärken

Florian Schlemmer

Als ich mich in den letzten Jahren meiner Schulzeit intensiver mit meiner Berufswahl auseinanderzusetzen begann, kristallisierte sich relativ rasch der Wunsch heraus, als Arzt tätig sein zu wollen. Die Vorstellung, über die Komplexität des menschlichen Lebens zu lernen und für meine zukünftigen Patient:innen zu sorgen und ihnen zur Genesung zu verhelfen, begeisterte mich sehr. Jedoch gesellte sich zu meiner Euphorie auch eine grundlegende Unsicherheit: Entsprang meine Intention, ärztlich tätig zu sein, tatsächlich einer altruistischen Haltung oder bestand die Gefahr, dass egoistische Persönlichkeitsanteile bei der Berufswahl federführend waren? Konnte es sein, dass ich auch von einer Karriere zu träumen begann, bei der der eigene Nutzen über der

Intention der Hilfe am Mitmenschen stand? Denn eines war mir bereits zu diesem Zeitpunkt klar: Begründet in der Tätigkeit, durch die der Arzt oder die Ärztin[19] gezwungenermaßen zu den intimsten Bereichen eines Menschen vordringt, nimmt er oder sie automatisch „Einfluss" auf das Gegenüber. Und nicht nur das: Durch die Tatsache, dass es sich bei Patient:innen um Menschen handelt, die sich in körperlicher/seelischer Not hilfesuchend an die Ärztin, wenden, ist umso mehr ein behutsamer Umgang erforderlich, um nicht größeres Leid zu verursachen. Wie ich viel später im Zuge meiner Ausbildung in psychosozialer und psychosomatischer Medizin erfahren sollte, wurden von Michael Balint, der sich mit dem Beziehungsgeschehen zwischen Arzt und Patient:in beschäftigte, die für mich sehr treffenden Begriffe „die Droge Arzt" oder „der Arzt als Medikament" geprägt, die in meinen Augen das potenzielle Ausmaß der ärztlichen Einflussnahme eindrucksvoll beschreiben.

Die Ärztin-Patient:in-Beziehung

Über den Zeitraum meiner bisherigen beruflichen Laufbahn – vom Beginn meines Studiums der Humanmedizin bis zum heutigen Tag als niedergelassener Kinder- und Jugendfacharzt – hatte ich die Möglichkeit, in den unterschiedlichsten Funktionen und ärztlichen Disziplinen die Interaktion mit Patient:innen am eigenen Leibe zu erfahren: Student – Turnusarzt – Assistenzarzt – Notarzt – Facharzt – Oberarzt. Hierbei erwiesen sich immer wieder die drei Grundhaltungen, die der Psychologe Carl Rogers formulierte, nämlich (1) empathische und offene Grundhaltung, (2) authentisches und kongruentes Auftreten sowie (3) Akzeptanz und bedingungslos positive Betrachtung der anderen Person als sehr hilfreich, um den Grundstein für einen würdevollen Umgang miteinander sowie eine gedeihliche Interaktion zu legen. Diese Voraussetzung ist nach wie vor in jeglicher ärztlichen Situation für mich anwendbar: Ob als Notarzt, wenn ich zu einem Großschadensereignis gerufen werde, oder als Facharzt, wenn ich in meiner Ordination ein psychosomatisches Beratungsgespräch führe. Die Besinnung auf diese drei grundlegenden Aspekte verhilft in meinen Augen dazu, von der ersten Minute der Kontaktaufnahme mit dem:der Patienten:in an die Gefahr einer etwaigen Übergriffigkeit zu reduzieren, zumal diese selbstreflexive Haltung die Gefahr vorgefasster Einstellungen mit all ihren negativen Konsequenzen für die bevorstehende Interaktion verhindern kann. Reflexartige Diagnosestellungen sind bei „typischen Krankheitsbildern" oftmals sehr verlockend, gerade dann, wenn die Konsultationszeiten sehr limitiert sind. Jedoch: Diagnosestellungen und therapeutische Interventionen aus diesen Situationen heraus werden von den Patient:innen als übergriffig erlebt, da sie keine

Möglichkeit haben, ihr Problem aus eigener Perspektive heraus zu formulieren, mit dem Effekt, dass sie sich nicht in ihrem Leiden wahrgenommen fühlen. Um dies zu vermeiden, versuche ich, in genau diesen Situationen innerlich einen Schritt zurückzutreten und durchzuatmen, um eben nicht in die Falle der vorgefassten Meinung zu stolpern. Selbst in akut lebensbedrohlichen Situationen, in denen eine sofortige, ja oft reflexartige Diagnosestellung und Therapieeinleitung lebensrettend sind, ist eine kurze, situationsentsprechend empathische Kommunikation unumgänglich, um der Gefahr einer Übergriffigkeit entschieden entgegenzutreten.

Aber nicht nur in lebensgefährlichen Situationen besteht die Gefahr, dass durch kommunikative Fallstricke die Einflussnahme zu übergriffigen Konstellationen führen kann. Gerade beim alltäglichen, im Routinebetrieb stattfindenden Arzt-Patient:in-Kontakt müssen Ärztinnen sich bewusst machen, wie verletzlich ihnen Patient:innen gegenübertreten, denn durch Krankheit und Schmerz ist das eigene Erleben in großem Maße beeinflusst. Die körperliche Integrität ist durch die Erkrankung beschädigt und für den:die Patienten:in ist das Vertrauen in sich selbst erschüttert. Er:sie fühlt sich – in unterschiedlicher Intensität – hilflos und hilfsbedürftig, ängstlich und bedroht. Und darauf ist auf adäquate Weise zu reagieren. Idealerweise gilt es dabei, als Arzt nicht unter den Einfluss ureigener

Bilder und Interpretationen zu geraten, die die subjektive Qualität des Erlebens des:der Patienten:in torpedieren würden. Einem Bio-Psycho-Sozio-Ökologischen Gesundheits- und Krankheitsmodell[20] folgend rückt der:die Patient:in in seiner:ihrer Ganzheit in den Vordergrund, die ärztlich-ethische Grundhaltung und das kritische Hinterfragen des eigenen Handelns sind hier für die Ärztin natürlich Voraussetzung. Eine ganzheitliche Art des Denkens und eine erweiterte Sichtweise tragen dazu bei, die verschiedenen Aspekte der Auseinandersetzung mit dem Menschen und seiner Umwelt zu erkennen. Das ermöglicht, auf die durch dynamische Prozesse und Interaktionen neu entstehenden Realitäten zu reagieren und dabei auch die mannigfaltigen Arten der Einflussnahme zu beleuchten und idealerweise Übergriffigkeiten zu verhindern. Denn gleich zu Beginn eines Arzt-Patient:in-Gesprächs kann ein Ungleichgewicht festgestellt werden – die Ärztin bietet die fachliche Kompetenz, der:die Patient:in kommt hilfesuchend. Somit ist die Gesprächssituation schon in einem gewissen Maße durch folgende Faktoren vorgeprägt: (1) ein prinzipiell ungleiches Verhältnis zwischen zwei Menschen, (2) die Abhängigkeit des:der Patienten:in von der fachlichen Kompetenz des Arztes, (3) der:die Patient:in gibt Einblicke in sein:ihr Leben und teilt unter Umständen intime Details, die Ärztin hingegen nicht, (4) der:die Patient:in wird körperlich untersucht, der Arzt wiederum nicht, (5) die Ärztin führt das Gespräch, strukturiert es und definiert das Ziel. Bei Betrachtung dieser Aspekte liegt die Gefahr einer dominierenden Position des Arztes klar auf der Hand.

Von frisch gebackener Elternschaft, Atmosphären und Leiberfahrung

So sehr die bisherigen theoretischen Überlegungen der ärztlichen Interaktion und Kommunikation auf die Kinder- und Jugendheilkunde anwendbar sind, beobachte ich täglich, dass es sich in der Pädiatrie um einen – ich würde sagen – Sonderfall des ärztlichen Gesprächs handelt. Geschuldet der Tatsache, dass die pädiatrischen Patient:innen die Zeitspanne von der Geburt bis zum 18. Lebensjahr umfasst, gestalten sich die Gesprächsführung sowie der Fokus der Aufmerksamkeit im Verlauf dieser Zeit sehr unterschiedlich. Während im Säuglings- und Kleinkindalter die Anamnese sowie Entscheidung zu therapeutischen Maßnahmen praktisch ausschließlich mit Hilfe der Eltern durchgeführt werden kann, kommt es mit Beginn des Schulalters allmählich zu einer Verschiebung dieser Konstellation. Die verbale Ausdrucksfähigkeit sowie der Wunsch nach Selbstbestimmung nehmen beim Kind mit steigendem Alter zu, bis es schließlich in der Adoleszenz auch rechtlich (Einsichts- und Urteilsfähigkeit) zu einer Änderung der Situation kommt. Dies eröffnet unter Umständen neue kommunikative Herausforderungen: Man denke hier beispielsweise daran, dass sich Eltern und Jugendliche bezüglich empfohlener diagnostischer und therapeutischer Maßnahmen nicht immer einig sind. Hinzu kommt noch, dass sich mit der Ablöse der Angesprochenen auch die Gewichtung der ärztlichen Einflussnahme ändern kann. So werden gesellschaftlich vorgegebene Rollenbilder sowie Autoritätsverhältnisse während der Pubertät oftmals entwicklungsbedingt grundlegend hinterfragt. Dies kann auf der einen Seite von Eltern vorgegebene Vorstellungen und Gesellschaftsregeln annullieren und somit ärztliche Empfehlungen entkräften, auf der anderen Seite aber auch die Ärztin zu einer Vertrauens- und Autoritätsperson aufsteigen lassen, da der Wunsch nach Orientierung durch sie erfüllt werden kann.

Wie sieht es nun aber zu Beginn der kinderärztlichen Betreuung aus? Wiewohl sich Paare – idealerweise gemeinsam – bereits während der Schwangerschaft mit dem „Eltern-Sein" auseinandersetzen, stellt die tatsächliche Geburt des eigenen Kindes mit den konsekutiven Veränderungen der Partnerschaft und auch der jeweiligen individuellen Lebenskonzepte eine Zäsur im Leben der Elternteile dar. Die oft nicht in Worte zu fassende Freude über die frische Elternschaft kann durch verschiedenste Faktoren wie Ängste, Unsicherheiten, Überforderungsgefühle oder ähnlich negative und verunsichernde Emotionen begleitet werden. Zusätzlich treten, abgesehen von physischen Belastungen wie etwa Schlafmangel, unter Umständen durch die neue Situation getriggerte partnerschaftliche Konflikte hervor, die die eigene Resilienz in hohem Maße fordern. Wenn das Neugeborene dann auch noch krank oder als Frühgeborenes das Licht der Welt erblickt oder a priori dysfunktionale familiäre Strukturen vorliegen, sind die Ressourcen der Eltern rasch erschöpft. Und genau in dieser meist sehr aufwühlenden Lebensphase eines Paars erscheint der Kinderarzt auf der familiären Bühne. Hier gilt es nun als Ärztin, äußerst behutsam zu agieren und zu reagieren – egal, ob man auf der Intensivstation über das weitere diagnostische und therapeutische Vorgehen informiert oder in der Ordination die erste Mutter-Kind-Pass-Untersuchung durchführt. Hierbei erachte ich neben der Relevanz medizinischer Fakten im Gespräch mit den Eltern gerade nonverbale, atmosphärische Aspekte als essenzielle Informationsquellen, wobei ich nicht nur auf die Eltern, sondern besonders auch auf mögliche Signale des Säuglings achte. Bereits wenn die Eltern mit ihrem Kind meinen Ordinationsraum betreten, nehme ich atmosphärisch vieles an der Jungfamilie wahr. Dieses Empfinden beruht selbstverständlich auf Gegenseitigkeit, folglich ist es mir sehr wichtig, mir dieser Tatsache bewusst zu sein und darauf zu achten, was Eltern von mir wahrnehmen. Der Begriff Atmosphäre sei hier im Sinne der Neuen Phänomenologie und ihres Vertreters Hermann Schmitz verwendet. Er beschreibt Gefühle als randlos und unteilbar ergossene Atmosphären, die einen Raum erfüllen.[21] Sie sind vergleichbar mit Wetterphänomenen, so wie man beispielsweise die „elektrisch aufgeladene" Stille an einem heißen Sommerabend als Vorbotin eines Gewitters wahrnimmt. Gefühle sind hier nicht primär subjektgebunden, in der Innenwelt der Person lokalisiert und nur für die Außenwelt ersichtlich, wenn sie sozusagen durch das jeweilige Individuum preisgegeben werden. Atmosphären sind für mich in diesem Verständnis schon präverbal existent und nehmen – hier am Beispiel eines Ärztin-Patient:in-Kontakts – schon früh wechselseitig Einfluss auf die einzelnen Protagonist:innen des Gesprächs, unabhängig davon, ob sie aktiv an der Kommunikation in meiner Ordination teilnehmen, wie beispielsweise Eltern, oder zum Zeitpunkt des Gesprächs „nur" im Raum anwesend sind, wie der Säugling, der mir vorgestellt wird.

Bevor ich die Relevanz dieser philosophischen Überlegungen für meinen klinischen Alltag anhand eines Beispiels erklären kann, sei noch der Begriff des Leibes aus der Neuen Phänomenologie erklärt. In der deutschen Sprache haben Leib und Körper unterschiedliche Bedeutungen. Wenn ich beispielsweise von meiner Leibspeise spreche, so kann der Begriff nicht durch „Körperspeise" ersetzt werden. Der Begriff Körper stellt somit etwas dar, das an einem bestimmten Ort anzutreffen ist: Der:die Patient:in macht beispielsweise die Ärztin auf ein Hämatom aufmerksam, das er:sie durch einen Sturz erlitten hat. Leiblich hingegen wäre nun etwas, das in der Gegend des materiellen Körpers zu spüren ist, ohne dass man sich bei dessen Wahrnehmung seiner fünf Sinne (Sehen, Hören, Tasten, Riechen, Schmecken) oder des daraus abgeleiteten perzeptiven Körperschemas bedient. Der leiblichen Wahrnehmung fehlt die präzise Lokalisierung des Ortes, an dem körperliche Vorgänge stattfinden. Hier das Beispiel:

Ich erinnere mich noch sehr gut an mein leibliches, eben nicht lokalisierbares, Empfinden, als ich als dienst-habender Assistenzarzt an einer neonatologischen In-tensivstation ein Krankenzimmer betrat, in dem die El-tern eines kurz zuvor verstorbenen Neugeborenen auf ein Gespräch mit mir warteten. Selbst heute, ca. zehn Jahre danach, entsinne ich mich genau der Situation und meiner Reaktion darauf. Ob der unaussprechlichen Tragödie, die den Eltern widerfahren war, empfand ich natürlich von vornherein ein sehr starkes Mitgefühl mit ihnen. Aber beim Eintreten in das Krankenzimmer kam etwas hinzu: Ich verspürte zusätzlich die unbeschreib-liche Schwere, die sich im Raum ausgebreitet hatte und sich wie Blei um meinen Körper legte. Es handelte sich nun nicht mehr nur um ein Gefühl, das ich mit den Be-troffenen teilte, sondern um ein intensives, leibliches

Betroffensein, das ich nur bildhaft zu beschreiben vermag. Eine exakte körperliche Lokalisation meiner Empfindung war und ist nicht möglich, würde auch zu einer Vereinfachung und Reduktion des Erlebten führen und der Situation nicht gerecht werden. Und die Konsequenz aus diesem Erlebnis: Eben durch das Eigenerleben eines solch stark empfundenen, affektiven Betroffenseins wird mir immer wieder vor Augen geführt, wie sehr auch ich in meiner Tätigkeit als Arzt auf leiblicher Ebene Einfluss auf meine Patient:innen und Eltern nehme. Auch wenn ich noch kein Wort gesprochen habe – mein bloßes „Da-Sein" in der Situation nimmt Einfluss.

Noch offensichtlicher wird leibliche Beeinflussung (in der Neuen Phänomenologie auch wechselseitige Einleibung genannt) bei Betrachtung des Arzt-Patient:in-Gesprächs. Wenn ich als Arzt meine Patient:innen in der Interaktion dominiere, sie sozusagen in der Position der „Befragten" fessle, sie also für meine Atmosphäre passend ausrichte, ohne ihnen die Möglichkeit der Eigeninitiative zu gestatten, wird es mir nicht gelingen, die für die ganzheitliche Wahrnehmung meiner Patient:innen essenziellen Stimmungen, Regungen oder Gefühle wahrzunehmen. So wird ein wünschenswertes dynamisches Wechselspiel zwischen Ärztin und Patient:in – oftmals aufgrund der Angst vor dem Verlust der Kontrolle über die Gesprächsführung – zugunsten einer bevormundenden ärztlichen Haltung geopfert.

Bei der Gesprächsführung mit einem Kind gestaltet sich die Situation nun erneut noch etwas schwieriger: So muss der Kinder- und Jugendarzt bei der Anamneseerhebung aus kindlichem Munde zusätzlich die oft symbolischen Ausdrücke für sich übersetzen. Dabei gilt es, sich sehr behutsam auf die einer:m Erwachsenen fremd erscheinende Welt des Kindes „einzuschwingen" und leiblich die Atmosphäre wahrzunehmen, die einen selbst, das Kind sowie dessen Eltern umfließt. Dieses hier zustande kommende, behutsame eigenleibliche Spüren des Gegenübers eröffnet die Möglichkeit, in die kindliche Realität einzutreten und aus kindlicher Perspektive heraus die vorliegende Problematik zu erfassen. Reflexartige Reaktionen der Ärztin unter dem Einfluss eigener konzeptueller Vorstellungen können dazu führen, dass wichtige Informationen verloren gehen, übergriffige und bevormundende Konstellationen entstehen und effektive, zielführende ärztliche Hilfe erschwert wird.

Der innere Kompass und die Verunsicherung

Wie bereits erwähnt, findet der Erstkontakt des Kinder- und Jugendarztes in der Niederlassung mit den Eltern und ihrem Neugeborenen meist in einer Zeit großer familiärer Umwälzungen statt. Im Idealfall sind bei der ersten Konsultation in meiner Ordination mit dem Säugling beide Elternteile anwesend. Einerseits ermöglicht mir dies, familiäre Strukturen (z.B. Aufgabenverteilungen, Hierarchien, etc.) besser zu erfassen, andererseits können beide Partner:innen Fragen stellen oder Sachverhalte aus ihrer jeweiligen Perspektive schildern. Ärztlicherseits ist wiederum eine besonders behutsame und sich an den Wissenstand sowie die emotionale Verfassung der Eltern herantastende Gesprächsführung nötig, um mögliche Einflussfaktoren auf die Familie durch Dritte zu entlarven. So erlebe ich es immer wieder, dass gut gemeinte Ratschläge aus dem Umfeld der Familie nicht nur falsch sind, sondern darüber hinaus zu großer emotionaler Not bei den Eltern führen können. Aber nicht nur Eltern erfahren in hohem Maße Verunsicherung durch Dritte – auch bei (älteren) Kindern kann ich dies regelhaft beobachten. Da stellt sich mir die Frage als Pädiater: Wie kann es mir gelingen, Eltern, Kinder und Jugendliche dahingehend zu unterstützen, sich erfolgreich gegenüber schädlicher Einflussnahme zur Wehr zu setzen und sie gleichzeitig darin zu bestärken, auf sich selbst zu vertrauen?

Die Beantwortung dieser Fragen ist in meinen Augen nicht einfach. In unserem Zeitalter der Globalisierung und Digitalisierung hat die Komplexität der Welt und unseres täglichen Lebens in den letzten Jahrzehnten exponentiell zugenommen. Mit sich bringt diese hochtechnisierte, globalisierte und vernetze Welt eine Orientierungslosigkeit, da alte hierarchische Ordnungsstrukturen weder der heutigen Gesellschaft Stabilität verleihen können, noch die bevorstehenden Herausforderungen und Entwicklungen zu steuern vermögen. Informationen und Meinungen sind zu jeder Tages- und Nachtzeit verfügbar und oft nur einen Mausklick am Laptop oder eine Wischbewegung am Smartphone entfernt, der Wahrheitsgehalt ist allerdings in vielen Fällen fraglich und nicht überprüfbar. Von sozialen Medien und Verkaufsplattformen verwendete Algorithmen, die eine optimierte Abstimmung auf individuelle Präferenzen und Meinungen zum Ziel haben, schließen den:die Nutzer:in in der gewählten Informations- und Realitätsblase ein. „Alternative facts" und Fake News als modern formulierte Schlagwörter alter Phänomene erschweren zusätzlich die Navigation im Dickicht unseres Informations- und Meinungsdschungels. Und zumal Eltern sich ja im Idealfall das Beste für ihr Kind wünschen und dafür alles tun, sind es gerade sie, die sich mit der erwähnten Orientierungslosigkeit und Verunsicherung oftmals konfrontiert sehen. Da werden dann unzählige Blogs, YouTube-Videos, WhatsApp-Gruppen und Foren zu Rate gezogen, um nur ja nichts falsch zu machen und die beste Entscheidung in jeder Situation zu treffen. Und mit jeder Meinung, jeder Empfehlung – ob wahrheitsgetreu oder nicht – wird die Entscheidungsfindung schwieriger. Wem darf man Glauben schenken? Was ist jetzt wirklich das Richtige für mein Kind?

Sobald ich diese durch die Vielzahl von Ratschlägen bedingte Unsicherheit im Gespräch mit Eltern atmosphärisch oder expressis verbis vermittelt bekomme, versuche ich den Fokus der Aufmerksamkeit auf das innere Empfinden der Eltern zu lenken. Meine Frage lautet dann in etwa: „Was ist denn in Ihren Augen gerade jetzt das Richtige für Ihr Kind?" Damit will ich Eltern auf ihr ureigenes elterliches Potenzial aufmerksam und ihnen Mut machen, auf sich selbst und ihre Entscheidungen zu vertrauen. Es mag für manche etwas eigenartig anmuten, aber ich bin überzeugt davon, dass wir Menschen eine Art „innere Weisheit" in uns tragen, die uns gerade in schwierigen Zeiten hilft, die richtige Entscheidung zu treffen. Durch die Teilnahme an Lehrgängen der Transpersonalen Psychologie, die traditionelle Weisheitslehren und moderne Psychologie verbindet, sowie durch regelmäßige Meditation war und ist es mir möglich, immer wieder diesen Aspekt des menschlichen Daseins zu erfahren. Es soll hier nicht der Eindruck eines esoterischen Hirngespinsts entstehen, dies wäre ein Missverständnis. Evidenzbasierte Medizin hat ihren unangefochtenen Stellenwert, leitlinienkonforme Diagnose- und Therapieabläufe sind obligat. Dennoch eröffnet meines Erachtens die Annahme eines größeren Bezugsrahmens der menschlichen Existenz die Möglichkeit, den Anforderungen der heutigen Zeit leichter gewachsen zu sein. Sie kann darüber hinaus auch die Wahrscheinlichkeit eines sinnerfüllten Lebens erhöhen. So spricht auch der renommierte Neurobiologe Gerald Hüther in seinem Buch „Würde" von einem inneren Kompass, unserer „Würde", die jeder Mensch in sich trägt und die uns davor bewahrt, uns in einer komplexen Welt durch all die an uns herangetragenen Anforderungen, Verführungen, scheinbaren Notwendigkeiten selbst zu verlieren.[22] Aber dieser Würde müssen wir uns erst bewusst werden, denn in einer Welt, in der wir andere und uns selbst zu Objekten degradieren, haben wir den Zugang zu unserem „inneren Kompass", zu unserer Würde verloren. So gilt es, sich seiner eigenen Würde bewusst zu werden, denn dann – so Gerald Hüther – kann man nicht mehr verführt werden und behandelt seine Mitmenschen nicht mehr würdelos. Und genau darin sehe ich eine wichtige Aufgabe, die ich als Pädiater zu erfüllen habe: Gerade bei Kindern und Jugendlichen, die lernen, in dieser komplexen Welt ihren Platz zu finden, bedarf es einer Unterstützung für sie, sich ihrer „inneren Weisheit", ihrer Würde bewusst zu werden. Hierin sehe ich die Chance, dass unsere Kinder und Jugendliche, die sich ja oft schon entwicklungsbedingt im Widerstreit mit elterlichen Ansichten, gesellschaftlichen Normen und Vorgaben wiederfinden und sich dagegen zu wehren versuchen, das ihnen innewohnende Potenzial zur Veränderung zu erkennen. Indem sie sich ihrer eigenen Würde, ihrer Einzigartigkeit, ihrer „inneren Weisheit", bewusst werden, gelingt es ihnen, sich nicht zu willenlosen Objekten der Konsumgesellschaft degradieren zu lassen; sie sind dann auch resilienter gegenüber etwaigem Druck ihrer Peergroup und verfügen darüber hinaus über eine authentische und solide Basis für ihre Entwicklung auch jenseits des Adoleszenzalters.

Neben der Problematik der informationsbedingten Verunsicherung sollte eine Kinder- und Jugendärztin stets bedenken: Im Zusammenhang mit dem stetigen Entwicklungsprozess und den damit verbundenen sensiblen Phasen der äußerlichen Prägungsmöglichkeiten, die seine:ihre Patient:innen durchlaufen, muss sich der:die Pädiater:in stets vor Augen halten, welche Tragweite Einflussnahmen seinerseits:ihrerseits haben können. Oft hinterlassen bereits Randbemerkungen durchaus einen nachhaltigen Eindruck bei jungen Patient:innen. Abgesehen davon kann es sein, dass elterliche Ängste, durchaus getriggert durch eigene Erfahrungen im medizinischen Bereich, in sich das Risiko bergen, sich unmittelbar auf Kinder zu übertragen, insbesonders auf Säuglinge und Kleinkinder. Folglich können auch die von mir wahrgenommenen atmosphärischen Aspekte während eines Elterngesprächs in manchen Fällen durch elterliche Erfahrungen gefärbt sein. Hierbei bedarf es eines besonderen Fingerspitzengefühls, um transgenerationale Muster zu erkennen und zu durchbrechen.

Druck auf und Anspruch an den:die Pädiater:in

Abgesehen von den neuen Aspekten und damit verbundenen Stressfaktoren, die eine Elternschaft oft mit sich bringt, verschlimmert sich bei einer kindlichen Krankheit die Situation nochmalig um ein Vielfaches. So beobachte ich neben der meist sehr großen Sorge um das Wohlergehen des Kindes auch die Angst der Eltern, etwas zu übersehen bzw. die gesundheitliche Verfassung ihres Sprösslings falsch einzuschätzen. Unterstützt wird die elterliche Unsicherheit meist durch die bereits erwähnten digitalen Informationskanäle, die einzeln erhobene Symptome meist zu lebensbedrohlichen Krankheiten aufsummieren. Genau in dieser Konstellation nehme ich dann oft einen starken Druck auf mich wahr, der sich bis zu einer von mir empfundenen Übergriffigkeit entwickeln kann. Denn nur allzu gerne hätten Eltern nach dem Vorbild des Googelns Antworten auf medizinische Fragen sofort und unmittelbar. Selbstverständlich versuchen Eltern mit einem kranken Kind in ihrer Sorge und Unsicherheit, möglichst rasch ärztliche Hilfe zu erhalten – eine nur allzu nachvollziehbare Reaktion, die es als Arzt immer ernst zu nehmen gilt –, um bei entsprechender medizinischer Notwendigkeit möglichst rasch Unterstützung zu leisten.

Aber: Abgesehen von diesen medizinisch dringlichen Fällen beobachte ich in letzter Zeit gehäuft eine Haltung, bei der erwartet wird, dass jegliche Frage, sei es zur Erziehung, zur Ernährung, zur kindlichen Entwicklung und vielem mehr, zu jeder Tages- und Nachtzeit unmittelbar beantwortet wird – eben nach dem Vorbild des „Online-Wissenserwerbs" aus anderen Lebensbereichen. Auch Anfragen, in denen mir die Frage gestellt wird, ob eine ärztliche Konsultation überhaupt erforderlich ist, sind mittlerweile keine Seltenheit mehr. Oftmals wird erwartet, dass ich anhand von Fotos oder Beschreibungen eine Diagnose stelle und am besten auch gleich die Therapie verordne. Natürlich ist es mir möglich, gewisse Krankheitsbilder ohne persönlichen Kontakt durch ein exaktes Nachfragen im Gespräch mit mir bekannten Eltern, deren medizinisches Urteilsvermögen ich durch mehrfachen persönlichen Kontakt abzuschätzen weiß, in Ausnahmefällen zu diagnostizieren und auch Therapievorschläge zu generieren. Trotzdem obliegt mir die Entscheidung, in welcher Situation diese Vorgehensweise möglich ist. Außerdem – und dies ist mindestens ebenso wichtig – muss es immer die elterliche Entscheidung bleiben, ob eine Vorstellung ihres Kindes erforderlich ist. Die Einschätzung des Zustandsbildes ihres Kindes müssen Eltern lernen und die Verantwortung dafür auch selbst übernehmen. Selbstverständlich gehört es zu meinen Aufgaben, ihnen beim Erlernen dieser Fähigkeit helfend zur Seite zu stehen. Aber die Kinder- und Jugendheilkunde oder medizinische Disziplinen überhaupt zu flüchtigen Telefon- und online-Kontakten nach dem Vorbild des „Kochrezepte-Googelns" zu degradieren, erachte ich als fahrlässig und falsch. Wie ich bereits weiter oben dargestellt habe, ist der persönliche Kontakt ein integraler Bestandteil – eine conditio sine qua non – jeglicher ärztlichen Diagnosestellung. Auch wenn der technische Fortschritt uns zuvor nicht vorstellbare Möglichkeiten eröffnet und so manches erleichtert hat, ich als Arzt dafür sehr dankbar bin und darauf mittlerweile weder verzichten kann noch will, sollten wir uns als Gesellschaft nicht dazu verleiten lassen, im Wahn der Zeit- und Lösungsoptimierung grundlegende menschliche Bedürfnisse wie persönliche Zuwendung und Aufmerksamkeit mit Füßen zu treten.

Eine weitere gesellschaftliche Tendenz, die ich in diesem Zusammenhang beobachten kann, ist, dass versucht wird, Entscheidungen, die man selbst zu treffen hat und Verantwortung, die man selbst zu übernehmen hat, auf andere zu übertragen. Ich kann hier nicht sämtliche Gründe aufzählen, aber als eine mögliche Ursache sehe ich die Sorge, in einer Welt, in der es scheinbar für alles sogenannte „Expert:innen" gibt und Informationen über alles erhältlich sind, eine falsche Entscheidung zu treffen. Der Irrtum ist verpönt, obwohl dieser das Potenzial eines Lernprozesses und der damit verbundenen Weiterentwicklung in sich trägt. Als eine weitere Ursache sehe ich aber auch eine Art Bequemlichkeit, die in meinen Augen zu einer gefährlichen Strömung des Ablehnens von Verantwortung und somit in eine Abhängigkeit führt. Denn gerade in der heutigen Zeit, wo KI-Systeme zunehmend ihren Platz in unserem Alltag finden, müssen wir als Menschheit darauf achten, dass menschliche Kompetenzen nicht verkümmern und wir uns nicht alles aus der Hand nehmen lassen. Und mehr noch: In Anbetracht der sich weltweit wie ein Lauffeuer verbreitenden Demagogie scheint es gerade jetzt höchst an der Zeit zu sein, Verantwortung zu übernehmen und nicht wie Lemminge blindlings ins Unheil zu stolpern.

Infolgedessen ist es in meinen Augen enorm wichtig, Eigenkompetenz und Verantwortungsbewusstsein in allen Bereichen unserer Gesellschaft zu fördern. Gerade als Kinder- und Jugendarzt sehe ich neben der Stärkung elterlicher Kompetenzen meine Aufgabe auch darin, heranwachsenden Kindern und Jugendlichen bei der Ausbildung dieser Fähigkeiten unterstützend zur Seite zu stehen, damit sie sich ihrer eigenen Wirksamkeit und ihres Werts bewusst sind und auch bewusst bleiben.

Gesellschaft in Bedrängnis

Neben dem von mir erwähnten Lösungs- und Optimierungswahn unserer Gesellschaft beobachte ich eine Zunahme egoistischer Verhaltensweisen, die augenscheinlich immer stärker unser gesellschaftliches Zusammenleben dominieren. Ursachen hierfür gibt es sicherlich viele, einfache Erklärungsmodelle würden zu kurz greifen und dabei die Problematik simplifizieren. Ein Aspekt aber, den ich als mitverantwortlich erachte, ist ein gewisses Ohnmachts- und Angstgefühl, das sich ob der multiplen Krisen, die uns derzeit beschäftigen, ausbreitet. Eine Horrormeldung jagt die andere, sei es nun das Blackout mit unklarem Ausgang oder die Gefahr eines kriegerischen Flächenbrandes durch den imperialistischen Wahn eines Autokraten, die Liste der Katastrophen ist schier endlos. Und wir Menschen sind empfänglich für diese Art Nachrichten: Wie Gerald Hüther und Robert Burdy in ihrem Buch „Wir informieren uns zu Tode" beschreiben, reagieren wir Menschen besonders auf diese negativen und emotionalisierenden Informationen, da die menschliche Voreingenommenheit gegenüber Negativem uns hilft, Warnmeldungen schneller und leichter wahrzunehmen.[23] Die Informationsflut, die uns regelrecht zu erdrücken droht, überlastet unsere zerebrale Aufnahmefähigkeit, führt nicht selten zu einem Ohnmachtsgefühl und fördert auf diese Art und Weise ein subtil wachsendes Angstgefühl. Und mehr noch: Für diese als Meldungen eintreffenden überwältigenden Probleme können gar nicht sofort Lösungen gefunden werden, auch wenn wir uns das im Sinne des Lösungs- und Optimierungsdrucks wünschen würden.

Als eine der Folgen von alldem – so präsentiert sich mir die Situation – wird versucht, sich selbst und seine Liebsten zu schützen, eine nur allzu verständliche Reaktion. Aber dies wiederum bringt meines Erachtens nach Tendenzen mit sich, die egoistische Verhaltensweisen fördern. So wie wir es nämlich heute gewohnt sind, sofort an Informationen und – nicht immer korrekte (!) – Lösungsmöglichkeiten zu gelangen, wollen wir nun auch sofort und am besten als Erste das bekommen bzw. erlangen, was wir uns vorgestellt haben. Und dabei kommt es dann nicht darauf an, ob wir andere verdrängen oder nicht.

Wenn ich mir nun einerseits diese von mir wahrgenommenen gesellschaftlichen Ohnmachts- und Angstgefühle und andererseits den Leistungs- und Optimierungsdruck vor Augen führe, dann drängen sich die Fragen auf, unter welchem Einfluss unsere Kinder und Jugendlichen aufwachsen, was wir ihnen als Erwachsene vorleben, welche Folgen dies für die heranwachsende Generation hat und wie es sich im Endeffekt auf unsere Gesellschaft auswirken wird. Der Versuch, eine mögliche Prognose zu erstellen, würde den Rahmen dieses Buches sprengen. Wovon ich aber überzeugt bin, ist, dass wir hier und jetzt dringend unseren Fokus darauf richten müssen, unseren Kindern und Jugendlichen die Möglichkeit zu geben, trotz gesellschaftlicher, politischer, klimatischer und aller anderen Krisen ein

Vertrauen in sich selbst und in ihre Fähigkeiten zu entwickeln. Wir müssen ihnen zeigen, dass es heute ungemein wichtig ist, in sich hineinzuspüren, um sich seiner ureigenen, inneren Bedürfnisse bewusst zu werden.

Dabei geht es nicht um eine objektive Faktenlage, die ich über die diversen Informationskanäle vermittelt bekomme und mit denen ich mein kognitives Ich füttere, in dem Glauben, so meine innere Zufriedenheit zu erlangen. Sondern es geht vielmehr um ein sich entwickelndes Gespür für das, was mir guttut, was mich lebendig hält und mein Leben erfüllt. Denn in der heutigen Zeit ist ein starkes Grundvertrauen in sich selbst, das Wissen um die wahren, tief im Inneren beheimateten Bedürfnisse und das eigene Potenzial enorm wichtig, um der drohenden gesellschaftlichen Paralyse entschieden entgegenzutreten und Änderungen voranzutreiben: Daraus können wir den Mut schöpfen, Einfluss zu nehmen, Dinge zu verändern und dabei zu wissen, worauf es wirklich ankommt – im Privaten sowie im Gesellschaftlichen.

Entwicklungshilfe – Einflussnahme auf andere Kulturen

Schon zu Beginn meines Studiums der Humanmedizin hatte ich den tief empfundenen Wunsch, in der Entwicklungshilfe tätig zu sein. Das Eintauchen in und zugleich Teilhaben an einer mir fremden Kultur war jedes Mal überwältigend und faszinierte mich zutiefst. Wiewohl ich – vor allem bei meiner Arbeit auf einer Kranken-station im Dschungel Guatemalas – in meiner Tätigkeit voll aufging und auch den Eindruck hatte, dass meine Hilfe ankam, tauchten trotzdem Zweifel auf, ob meine Anwesenheit als Vertreter der westlichen Gesellschaft tatsächlich zum reinen Benefit der Menschen vor Ort beitrug oder ob der Einfluss westlicher Industrienatio-nen nicht generell zu großen Veränderungen der kultu-rellen Gegebenheiten des Gastlandes führte. Ohne Zwei-fel ermöglichte die Hilfe der im Dschungel Guatemalas beheimateten indigenen Minderheit eine nennenswerte Verbesserung ihrer gesundheitlichen Versorgung. Und so sehr ich als Arzt auch davon überzeugt bin, dass ich überall und jeder:jedem zu helfen habe, unabhängig da-von, ob es im Rahmen meiner Hilfe zu einer möglichen Einflussnahme auf soziale Strukturen einer fremden Kultur kommen kann, stellte sich mir dennoch die Frage, ob westlich geführte Interventionen – selbst solche, die aus den hehrsten Motiven heraus initiiert wurden – nicht doch die gesamte gesellschaftliche Struktur in ihrer Entwicklung veränderten. Schlimmer noch: Durch die Implementation westlich dominierter Strukturen und Abläufe – wohlgemerkt nicht beschränkt auf medizini-sche Tätigkeiten, sondern vor allem auf wirtschaftlicher sowie gesellschaftlicher Ebene – bestand und besteht in meinen Augen die Gefahr, dass eine Eigenentwicklung unterdrückt oder auch zunichte gemacht wird, die zwar vielleicht anders gewichtet und möglicherweise nicht so effizient wäre, wie wir es in unseren Breiten erwarten würden, aber durchaus zum Ziel führen würde. Darüber hinaus wird ja auch immer wieder diskutiert, ob Entwicklungshilfe nicht generell die Abhängigkeit von der helfenden Nation protegiert und fortschreibt.

Als Gegenargument meiner Überlegungen könnte natürlich angeführt werden, dass Schwellen- und Entwicklungsländer ohne eine Umstrukturierung nach westlichem Vorbild keine Chance haben, ihre Prosperität und den Lebensstandard der Bevölkerung zu erhöhen, da sie auf dem Weltmarkt nicht wettbewerbsfähig genug sind und so den Anschluss zum Rest der Welt verpassen. Abgesehen davon könnte neben wirtschaftlichen Strukturveränderungen im Sinne der westlichen Demokratien auch versucht werden, wünschenswerte westlich geprägte Ideale wie Menschenrechte, Meinungsfreiheit, Frauenrechte, Recht auf Bildung etc. vor Ort zu etablieren. Die Förderung der Demokratisierung wäre dann zugleich auch eine wichtige Gegenströmung zum Einfluss autokratischer Systeme, wie dem von Russland und China, die ja seit geraumer Zeit in den Staaten des globalen Südens Fuß fassen.

Wie man sieht, gibt es viele schlagkräftige Argumente, die westliche Hilfe in Ländern des globalen Südens zu Recht favorisieren. Trotzdem bin ich mir bis heute nicht sicher, wie weit Einflussnahme auf dem

Gebiet der Entwicklungshilfe gehen soll oder auch darf. In meinen Augen darf eine kritische, selbstreflektierte, interdisziplinäre und kontextbezogene Diskussion über Entwicklungshilfe zukünftig nicht fehlen, um nicht den schmalen Grat der Hilfe in Richtung Übergriffigkeit, Machtmissbrauch und Ausbeutung zu überschreiten.

Einflussnahme aus kinder- und jugend-ärztlicher Sicht – ein Resümee

Für die Tätigkeit als Kinder- und Jugendärztin bedarf es auf der einen Seite eines besonders behutsamen Umgangs mit Patient:innen und Eltern, um negative Aspekte wie beispielsweise Dominanz und Übergriffigkeit zu vermeiden. Auf der anderen Seite aber bietet sich gerade dem:der Pädiater:in in Ausübung seines:ihres Berufs die Möglichkeit, Eltern, Kinder und Jugendliche – auch im Sinne der Familie als natürlicher Grundeinheit der Gesellschaft (laut Artikel 16 der Allgemeinen Erklärung der Menschenrechte) – dabei zu unterstützen, sich des ihnen innewohnenden Potenzials, ihrer Wirksamkeit sowie ihrer Würde bewusst zu werden. In unserer heutigen, krisengeschüttelten Zeit, in der uns die Informations- und Meinungsflut zu ertränken droht, populistische Marktschreier:innen und autokratische Egomanen die letzte Menschenwürde zu vernichten versuchen und unser Planet dem Untergang geweiht scheint, benötigen gerade Kinder und Jugendliche die

Sicherheit, sich auf ihre menschlichen Fähigkeiten zu verlassen und dabei auf sich selbst zu vertrauen. Denn es sind unsere Kinder und Jugendlichen, die in Zukunft hoffentlich auf die richtige Art und Weise Einfluss nehmen werden, um so den durch die vorigen Generationen verursachten Wahnsinn zu beenden und dabei das Menschsein wieder in den Vordergrund zu stellen. Nur so haben wir als Menschheit die Chance, den Grundstein für ein weltumspannendes, würdevolles Zusammenleben zu legen – ein transformativer Schritt, der in meinen Augen schon längst überfällig ist und vielleicht sogar das Potenzial hat, als evolutionärer Sprung in die Menschheitsgeschichte einzugehen.

Horizonterweiterung durch Information und Wissen

Carola Schneider

Einfluss nehmen durch Informationen über fremde Welten

Ich wuchs in einem kleinen Bergdorf in Vorarlberg auf, das rundherum von prächtigen Gipfeln umgeben ist. Trotz dieser Idylle und der Schönheit der mich umgebenden Natur spürte ich schon als Kind den Wunsch, in die Ferne aufzubrechen, um zu erfahren, was denn wohl jenseits dieser Gipfel gerade passierte, in anderen Gegenden und Ländern. Ich hatte Sehnsucht danach, zu sehen, wie das Leben der Menschen dort aussah, was sie bewegte, was sie freute oder ärgerte. Was sie mit dem Alltag, so wie ich ihn kannte, verband und was bei ihnen völlig anders war. Wobei ich nicht nur den Wunsch verspürte, diese fernen Länder zu bereisen, sondern auch dort zu leben und später den Menschen zu Hause zu erzählen, was ich in dieser Ferne erlebt und wahrgenommen hatte. Schon in diesen kindlichen Vorstellungen war für mich aber das Vermitteln von Wahrnehmungen und Erlebnissen aus fremden Ländern nicht nur Selbstzweck, sondern ich wollte eine Brücke sein zwischen verschiedenen Völkern und Kulturen, dazu beitragen, dass Menschen mehr von- und übereinander wissen und einander dadurch näherkommen und besser verstehen.

Als Journalistin und Auslandskorrespondentin des österreichischen Rundfunks ORF mache ich diese Sehnsucht seit mehr als zwei Jahrzehnten zu meinem Beruf. Mit meinen Reportagen, Analysen und Berichten möchte ich im Wesentlichen drei Ziele erreichen: Informationen vermitteln, eine Verbindung zwischen den Menschen meines Einsatzlandes und dem Publikum herstellen und den Horizont der Menschen erweitern, die meine Berichte sehen oder hören.

Das Vermitteln von Informationen umfasst für mich zunächst „harte Fakten": Was passiert in meinem Berichtsland, welche Entscheidungen trifft die politische Führung, welche Folgen hat das für mein Berichtsland und für die restliche Welt und wie reagiert die Gesellschaft im Einsatzland darauf? Neben der Tagespolitik gehören zu den „harten Fakten" auch Entwicklungen in der Wirtschaft, Wissenschaft, Kultur und Gesellschaft. Dabei ist für mich wichtig, diese Ereignisse und

Entwicklungen nicht nur „wiederzugeben", sondern sie einzuordnen. Das heißt, ich versuche zu erklären, was „hinter" einem Ereignis steht, welche historischen, politischen oder sozialen Entwicklungen dazu geführt haben oder haben könnten. Neben „harten Fakten" ist es für mich zentral, auch Atmosphäre zu vermitteln. Wie sieht es an Ort und Stelle aus? Welche Stimmung herrscht dort, was sagen und denken die Menschen, die dort leben? Welche Wahrnehmungen teilen sie mit dem Publikum in Westeuropa, worüber haben sie eine ganz andere Meinung? Das bringt mich zu einem der nach meinem Verständnis wichtigsten Pfeiler der Informationsvermittlung: Sie ist nicht möglich, ohne konkreten Menschen im Land, über das ich berichte, eine Stimme zu geben. Ich möchte nicht „über sie" berichten, sondern sie selbst von ihrem Alltag, ihren Sorgen, ihren Wünschen und Träumen erzählen lassen. Ich bin überzeugt davon, dass nahezu jedes Ereignis, das in den Auslandsnachrichten abgebildet wird, anhand konkreter menschlicher Geschichten erzählt werden kann. Oft kann der „Mikrokosmos" von Einzelschicksalen symbolisch für die Situation einer ganzen Gesellschaft stehen. Leider bleibt in den zeitlich meist sehr begrenzten Nachrichten neben der Analyse der Fakten nicht immer Platz für persönliche Geschichten der von den jeweiligen Ereignissen betroffenen Menschen. Aber wo es möglich ist, gebe ich ihnen diesen Platz.

Nur so kann ich umsetzen, was für mich ebenso wichtig ist wie die Informationsvermittlung – nämlich durch diese Informationen eine Verbindung zwischen meinem Einsatzland und seinen Menschen und dem Publikum herzustellen. Die Hörer:innen oder Zuschauer:innen sollen nicht das Gefühl haben, weit weg von den Ereignissen zu sein, über die ich berichte und nichts mit ihnen zu tun zu haben. Sie sollen sich „mittendrin" fühlen und eintauchen in eine ihnen vielleicht bisher nicht bekannte oder vertraute Welt. Sie sollen die Atmosphäre im Land, aus dem ich erzähle, spüren und den Lebensalltag unterschiedlicher Menschen kennenlernen, an deren Emotionen, Ängsten und Träumen teilhaben. Ich möchte Informationen so vermitteln, dass sich hinter den oft trockenen Schlagzeilen in der Auslandsberichterstattung für die Zuseher:innen eine spannende Welt auftut, die Neues, Erklärendes, Menschliches und Überraschendes bereithält. Die Zuseher:innen sollen Lust bekommen, mehr über die Zusammenhänge zu wissen, die hinter den Ereignissen in anderen Ländern stehen, und so letztendlich auch über sich selbst mehr zu erfahren. Denn in der globalisierten und vernetzten Welt können gesellschaftliche, wirtschaftliche und politische Entwicklungen in einem Land oder einer Region nicht mehr isoliert betrachtet werden, sie wirken sich sehr oft weltweit aus. Von Russlands militärischem Einmarsch in die Ukraine bis hin zur jüngsten Eskalation des Nahost-Konflikts: Es sind Entwicklungen, die weltweit Folgen nach sich ziehen und das Leben jedes:jeder Einzelnen auch in Westeuropa betreffen oder betreffen können.

Möglichst objektive Informationsvermittlung durch Journalist:innen vor Ort – in meinem Fall aus Russland –, die unterschiedliche Meinungen und menschliche Schicksale abbildet, eigene Erfahrungen und Wahrnehmungen einfließen lässt und vielfältige Themen beleuchtet, erweitert den Wissenshorizont der Menschen, die diese Information konsumieren. Genau das ist das dritte, zugegebenermaßen sehr idealistische Ziel, das ich mit meiner journalistischen Arbeit erreichen möchte: Durch meine Reportagen und Analysen dazu beitragen, dass sich das Publikum ein eigenes und möglichst ausgewogenes Bild von Entwicklungen in meinem Berichtsland und seinen Menschen machen können. Derzeit ist die Russlandberichterstattung vom Feldzug Wladimir Putins gegen die Ukraine geprägt, der Europa erschüttert und die bisherige europäische Sicherheitsordnung außer Kraft setzt. Ich möchte dem Publikum ermöglichen, einen Blick hinter diese traurigen Schlagzeilen zu werfen: Was will der russische Machthaber Putin mit diesem Krieg, der in Russland aus Zensurgründen nur „Militärische Spezialoperation" genannt werden darf? Was machen diese Ereignisse mit den Menschen in Russland? Warum stehen die meisten hinter dem Kurs Putins und wie ergeht es jenen, die diesen Einmarsch nicht unterstützen? Woher kommt dieses Gefühl der „Kränkung und Demütigung" durch den Westen, das viele Russ:innen empfinden, und zwar nicht erst seit der eskalierten politischen Konfrontation der letzten Jahre? Warum „wehren" sich selbst die regimekritischen Russ:innen nicht aktiver gegen Putins Politik, welche historischen und sozialen Ereignisse führten zu diesem passiven Ausharren anstelle von politischen Protesten? Welche Atmosphäre herrscht in einem Land, dessen Führung nicht nur brutale Gewalt nach außen gegen den Nachbarn, sondern auch nach innen gegen kritische Stimmen und Andersdenkende ausübt? Es ist mir bewusst, dass ich angesichts der Informationsflut, die in traditionellen Medien und vor allem im Internet und den sozialen Netzwerken heute über die Menschen hereinbricht, nicht mehr sein kann als eine journalistische Stimme inmitten von unzähligen anderen. Trotzdem glaube ich, als eine der immer weniger werdenden westlichen Journalist:innen, die derzeit noch in Russland arbeiten und das Land von innen wahrnehmen, sowie aufgrund meiner langjährigen Erfahrung dazu beitragen kann, das Bild Russlands und seiner Bevölkerung breiter und facettenreicher zu machen. Das kann den Medienkonsument:innen helfen, sich eine eigene Position zu bilden, wie immer diese auch aussieht.

Einfluss als Möglichkeit der Selbstverwirklichung

Als die Idee für das vorliegende Buch entstanden ist, habe ich mich gefragt, warum ich eigentlich Einfluss nehmen oder, mit anderen Worten gesagt, mit meinen Handlungen und Entscheidungen etwas „bewirken" will. Warum ist es mir wichtig, dass meine journalistische Arbeit nicht nur ein Brotjob ist, sondern anderen Menschen helfen kann, Neues und vielleicht Überraschendes aus einem anderen Land zu erfahren, Zusammenhänge, die hinter aktuellen internationalen Ereignissen stehen, besser zu begreifen oder zumindest das eigene Meinungsbild mit neuen Eindrücken und Informationen zu ergänzen?

Beim Nachdenken über diese Frage wurde mir klar, dass das Weitergeben von Erfahrungen und Informationen an andere Menschen für mich Selbstverwirklichung bedeutet. Ich habe das innere Bedürfnis, Informationen zu sammeln, einzuordnen und dann mit anderen Menschen zu teilen. Es gäbe auch andere Möglichkeiten als den Journalismus, diesen Wunsch umzusetzen, aber die Tätigkeit als Auslandsreporterin kommt für mich diesem inneren „Ruf" am nächsten. Diesen Wunsch nach Wirken durch Informationsvermittlung beruflich realisieren zu können, verleiht in meinen Augen meinem Leben und meinem Handeln einen Sinn. Für mich wäre das Sammeln von Informationen, Erfahrungen und Wissen weit weniger wert- und sinnvoll, wenn ich sie für mich allein behalten würde. So kommt das „Einflussnehmen", wie ich es für mich definiere, der Realisierung meiner Wünsche und Potenziale gleich. Das macht mich dankbar und glücklich. Das Wissen, selbstbestimmt meinen Beruf und mein Leben zu gestalten und die Weise, wie ich „wirken" will, selbst zu wählen, hilft mir, auch Zeiten großer Belastung, Schwierigkeiten und Zweifel besser zu bewältigen.

Ich bin überzeugt davon, dass die Welt und die Gesellschaft grundsätzlich entwicklungsorientiert sind, auch wenn Konflikte, Kriege und die Ausbeutung der Ressourcen unseres Planeten durch den Menschen daran oft zweifeln lassen. Auch mich selbst sehe ich als entwicklungsorientierten Menschen, der stets nach Handlungs- und Gestaltungsmöglichkeiten sucht, selbst in Phasen des Ohnmachtsgefühls. Denn auch wenn ich weder internationale Konflikte noch autoritäre Regime oder die fortschreitende Umweltzerstörung unmittelbar stoppen kann, gibt es immer Möglichkeiten, zumindest im eigenen Umfeld kleine Schritte zu setzen, die im Einklang mit meinen Werten und Zielen stehen.

Diese kleinen Schritte helfen mir gegen die Schock- oder „Ohnmachtsstarre", in die wir alle angesichts der ständigen Flut an kaum bewältigbaren Schreckensnachrichten immer wieder verfallen. Vielleicht wirken diese kleinen Schritte auch auf andere Menschen motivierend, von der Ohnmacht wieder ins Handeln zu kommen. Es gibt immer etwas, das wir tun können, selbst in ausweglos scheinenden Situationen. Wir können jemanden in unserem Umfeld unterstützen, der Hilfe braucht oder uns mit Freund:innen und Gleichgesinnten treffen, uns austauschen und einander so das Gefühl geben, mit der Ohnmacht nicht allein zu sein. Ich erinnere mich an die Zeit unmittelbar nach dem Einmarsch der russischen Armee in die Ukraine. Viele meiner russischen Freund:innen reagierten geschockt, verzweifelt und fassungslos. Unsere Treffen im kleinen privaten Kreis, das gemeinsame Weinen und die uns verbindende Sprachlosigkeit, aber auch das Diskutieren und das uns einende Gefühl, mit unserer Verzweiflung nicht allein zu sein, haben uns damals geholfen, nicht in der Ohnmacht zu verharren. Sogar solche kleinen Schritte können helfen, aus dem Gefühl der Hilflosigkeit herauszukommen und nach Gestaltungsmöglichkeiten zu suchen. Auf diese Weise können wir entwicklungsorientiert handeln, selbst wenn wir uns machtlos fühlen – und damit zumindest im Kleinen etwas bewirken, wenn das Große unüberwindbar scheint.

Als Journalistin setze ich den Wunsch nach Selbstverwirklichung in meinem Leben um, in dem ich Informationen, Eindrücke und Lebenserfahrungen teile und in größere Zusammenhänge stelle. Information ist eine unabdingbare Voraussetzung dafür, dass Menschen

Entscheidungen treffen und ihr Leben und individuelle Werte selbst bestimmen können. Daher will ich Informationen nicht nur für mich selbst „sammeln", sondern teilen. Damit ist der Wunsch verbunden, dass sie auch anderen Menschen eine Orientierungshilfe sind, um individuell stimmige Schritte zu unternehmen.

Einfluss durch Wertekompass in allen Lebensbereichen

Wir „wirken" zu jeder Zeit und in allen Lebensbereichen nach außen und nehmen so Einfluss auf unser Umfeld, ob wir uns dessen bewusst sind oder nicht. Ob im beruflichen oder im privaten Alltag senden wir stets Signale aus und sind mit anderen Menschen in Beziehung: durch konkretes Handeln oder Nichthandeln, Gespräche, Diskussionen, Berührungen. Selbst passives Verharren in einem Gefühl der Ohnmacht bedeutet Einflussnahme – nach innen, indem wir resignieren und nach außen, indem wir unseren Zustand zeigen und bestimmte Handlungen eben nicht setzen.

Wenn wir unser Wirken bewusst gestalten wollen, ist meiner Ansicht nach ein individueller Wertekompass unerlässlich. Mein persönlicher Kompass umfasst zum einen nicht verhandelbare Grundrechte eines Menschen wie die Unantastbarkeit der Würde eines Menschen, sein Recht auf Leben und auf Freiheit. Zum anderen gehören zu meinem Kompass auch persönliche Prioritaten, die meiner Erziehung, dem Kulturkreis, in dem ich aufgewachsen bin und meinem Charakter entstammen. Das sind unter anderem die Suche nach Verbindendem statt nach Trennendem, der Wunsch nach Öffnung und Entwicklung (sowohl persönlich als auch die Gesellschaft betreffend) statt nach Isolation. Es gelingt nicht immer gleich gut, sich von diesem Kompass leiten zu lassen, aber er ist für mich eine wertvolle Orientierung im Alltag und in Krisensituationen.

Auch in meinem Beruf als Auslandskorrespondentin für tagesaktuelle Nachrichtensendungen des ORF versuche ich, meinen Kompass im Auge zu behalten. Ich kann die konkreten Themen und Personen, über die ich berichte, nur zu einem Teil selbst bestimmen, da sie hauptsächlich durch aktuelle Ereignisse vorgegeben sind. Was ich jedoch beeinflussen kann, ist, welchen Themen ich neben den Must-haves an aktuellen Ereignissen und Entwicklungen Platz einräume. So ist es mir konkret wichtig, nicht nur das Leben der Menschen in der Metropole Moskau, sondern in möglichst unterschiedlichen russischen Regionen zu zeigen. Ob nomadische:r Rentierzüchter:in in der Tundra nördlich des Polarkreises, Menschenrechtsaktivist:in im autoritär regierten Tschetschenien oder Jungunternehmer:in in einer Großstadt – es sind völlig unterschiedliche Lebensrealitäten, die aber alle zur russischen Gesellschaft gehören. Ich möchte auch nicht nur das repressive politische System in Russland abbilden, das ja nur ein Teil der russischen Realität ist. Ich möchte Menschen zeigen, die trotz der Gefahr, in die Mühlen der Willkürjustiz zu geraten, zivilgesellschaftlich aktiv sind und dazu beitragen wollen, dass in ihrem Land ein offenes und freies politisches System entstehen kann, das den Menschen ermöglicht, ihren Lebensentwurf und ihre politischen Ansichten frei zu leben. Das können Künstler:innen sein, die in ihren Werken den Angriff auf die Ukraine kritisieren oder einfache Bürger:innen, die still und unaufgeregt Häftlingen helfen, die aus politischen Gründen im Gefängnis sitzen. Es kann eine junge Bäckerin sein, die auf ihren Torten Friedensbotschaften anbringt, obwohl sie deswegen bereits zu Geldstrafen verurteilt wurde. Oder ein Anwalt, der Oppositionelle verteidigt, obwohl er weiß, dass er dafür selbst ins Visier der politisch gesteuerten Justiz kommen könnte. Wichtig ist für mich auch, jenen Platz einzuräumen, die eine Haltung vertreten, die für mich – und vielleicht auch für das Publikum – schwer zu verstehen ist. So habe ich einen jungen Historiker porträtiert, der freiwillig als Mitglied einer privaten Söldnergruppe in den Krieg gegen die Ukraine gezogen ist. Zuvor hatte er sich aus eigenen Mitteln zum Sanitätsinstruktor ausbilden lassen, um verletzte russische Soldat:innen zu versorgen und sie an der Front in Erster Hilfe zu schulen. Seine Motive, in den Kampf gegen das Nachbarland zu ziehen, hören sich für mich abstrus an: Der junge Mann träumt von einem neuen großrussischen Imperium, das sich notfalls mit militärischer Gewalt ausdehnt. Er will Russ:innen in der Ukraine gegen angebliche Nazis in der ukrainischen Regierung verteidigen, die – vom Westen angestiftet – alles Russische vernichten wollen. Den Krieg in der Ukraine sieht er als Verteidigungsschlacht des „moralisch überlegenen" Russland gegen einen feindlichen und verkommenen Westen, der Russland zerschlagen will. Solche Aussagen können in journalistischen Berichten nicht unkommentiert ausgestrahlt werden, sie müssen eingeordnet und in einen Kontext gestellt werden. Trotzdem ist es wichtig, auch solche Sichtweisen abzubilden. Sie helfen zu verstehen, warum die Politik und Weltsicht Putins nicht nur in seinem Umfeld, sondern von großen Teilen der russischen Bevölkerung unterstützt wird.

Neben den Themen kann ich auch den Ton meiner Berichterstattung beeinflussen. Ich möchte in meinen Analysen und Reportagen möglichst ruhig, sachlich und nüchtern sein und weder Aggression noch Feindseligkeit oder Vorurteilen den Weg ebnen. Nicht aufwiegeln, sondern einordnen und erklären.

Als westliche Journalistin, die schon viele Jahre in Russland lebt, wirke ich nicht nur in Österreich (durch meine Berichte, die dort ausgestrahlt werden), sondern auch in Russland selbst. Sowohl meine beruflichen als auch privaten Kontakte sind oft geprägt vom Aufeinandertreffen völlig unterschiedlicher Weltsichten und Sozialisierungen. Ich bin in einer Demokratie aufgewachsen, meine russischen Freund:innen haben aber noch nie freie Wahlen erlebt. Auch die wachsende Toleranz westlicher Gesellschaften gegenüber ethnischen, sozialen oder sexuellen Minderheiten ist vielen im – vor allem in der Provinz – noch immer patriarchal geprägten Russland fremd. Doch ich mache oft die Erfahrung, dass durch Gespräche und Diskussionen über zunächst unvereinbar scheinende weltanschauliche Themen Raum für Annäherung und wenn auch nicht Verständnis, so zumindest die Akzeptanz einer anderen Sicht entstehen kann.

In der momentanen Epoche der neuen West-Ost-Konfrontation, die nicht nur durch den Angriff Russlands auf die Ukraine, sondern auch durch viele pauschale Vorurteile von allen Seiten geprägt ist, stelle ich einen Einfluss fest, den ich stärker als früher wahrnehme: Ich wirke nicht nur durch mein journalistisches „Handeln", sondern allein durch meine Präsenz in Russland. Viele westliche Ausländer:innen, unter ihnen auch Journalist:innen, haben das Land verlassen. „Danke, dass Sie noch da sind!" höre ich immer wieder, sei es von Unbekannten, mit denen ich ins Gespräch komme, oder von Interviewpartner:innen. Es ist ein Dank, den ich nicht als Versuch sehe, mich politisch zu vereinnahmen.

Ich nehme vielmehr wahr, wie tief es viele Menschen in Russland berührt, dass nicht alle Ausländer:innen sich abwenden und „weggehen".

Einfluss nehmen ist ein Seiltanz

Wenn wir, wie ich überzeugt bin, ständig nach außen „wirken" und damit Einfluss nehmen, bedeutet das im Umkehrschluss, dass auch wir stets dem Einfluss anderer ausgesetzt sind. Es bedeutet überdies, dass unserem eigenen Einfluss Grenzen gesetzt sind. Das betrifft sowohl den privaten als auch den beruflichen Lebensbereich. Für mich persönlich liegt im privaten Alltag, in den familiären und freundschaftlichen Beziehungen die Grenze meines Einflusses dort, wo sie mein Gegenüber zieht. Wenn jemand meine Gedanken und meine Erfahrungen zu einem bestimmten Thema nicht hören möchte, dann akzeptiere ich das. Meinen inneren Wunsch nach Wissens- und Erfahrungsaustausch sehe ich als Angebot an andere Menschen, aber nicht als Mission oder Zwangsbeglückung. Ansonsten bestünde die Gefahr, dass ein potenziell bereichernder Meinungs- und Wissensaustausch ins Gegenteil umschlägt und zu einem Übergriff wird.

Auch in meinem Beruf als Journalistin sind meinem Einfluss Grenzen gesetzt bzw. stehe ich selbst unter äußeren Einflüssen, die mich einschränken. Wie eng diese Grenzen sein können, erlebe ich gerade jetzt als Korrespondentin in einem Land, in dem nach dem Einmarsch in die Ukraine Militärzensur eingeführt wurde. Etwas verkürzt gesagt bedeutet das, dass alle Menschen, die sich in Russland befinden, auch Journalist:innen, die russische Armee nicht kritisieren dürfen. Über den Einmarsch in die Ukraine und seine verheerenden Folgen für dieses Land und dessen Bevölkerung darf laut Zensur nur das gesagt werden, was den Mitteilungen der russischen Behörden entspricht. Das bedeutet, dass der Krieg nicht „Krieg" heißen darf, sondern verharmlosend „Spezial-Militäroperation" genannt werden muss und dass in Berichten behauptet werden muss, die russischen Angriffe träfen nur militärische Ziele und Russland falle keine Verantwortung für die vielen zivilen Opfer zu. Solche Aussagen widersprechen zutiefst der journalistischen Wahrhaftigkeit und Freiheit. Wenn die Zensur missachtet wird, drohen hohe Strafen, die sogar mehrjährige Haft bedeuten können.

Um trotz dieses unlösbaren Dilemmas in Russland arbeiten zu können und weder mich als ausländische Journalistin noch meine russischen Mitarbeiter:innen in Gefahr zu bringen, muss ich schwierige Kompromisse eingehen. So berichte ich nicht über das Kriegsgeschehen in der Ukraine – das ich laut russischer Militärzensur ohnehin nur in Propagandafloskeln beschreiben dürfte – und delegiere alle entsprechenden Berichte an die Kolleg:innen in der Zentralredaktion in Wien. Damit erhält das Publikum alle notwendigen aktuellen Informationen über die Rolle Moskaus im Kriegsgeschehen, aber eben nicht von mir. Hier in Russland fokussiere ich mich unterdessen auf die Themen, die – zumindest derzeit noch – nicht unter die Militärzensur fallen. Dazu gehören Politik, Wirtschaft, Kultur und Religion bis hin zu gesellschaftlichen Entwicklungen. Es ist ein Kompromiss, den ich als Journalistin kaum ertragen kann. Aber er ist derzeit die einzige Möglichkeit, weiterhin das zu tun, was ich für journalistisch wichtig halte: in Russland zu bleiben und „aus dem Inneren" von meinen Wahrnehmungen zu berichten, statt von außen „über" Russland zu erzählen.

Auch die Angst vieler Russ:innen, mit westlichen Journalist:innen zu sprechen, wirkt auf mich. Es wird kontinuierlich schwieriger, Menschen zu finden, die sich trauen, vorbehaltlos in mein Mikrofon zu sprechen. Das ist nicht verwunderlich, da es schon einige Fälle gibt, in denen die Gesprächspartner:innen westlicher Medien nach Ausstrahlung der Interviews von den Behörden eingeschüchtert und bestraft wurden. Das führt dazu, dass ich selbst dann, wenn ein:e Interviewpartner:in einem Gespräch mit mir zustimmt und sich aller Risken bewusst ist, mich immer wieder frage, ob ich ihn:sie damit nicht in Gefahr bringe. Diese Entwicklungen wirken von außen auf mich und ich kann sie nicht ändern. Sie setzen meiner Arbeit und meinem Wunsch nach einem freien und ungehinderten Informationsaustausch und freier Wissensvermittlung Grenzen. Ich befinde mich in einem ständigen Drahtseilakt zwischen der Zensur und dem, was mir als Journalistin in Russland noch erlaubt ist. Es ist auch ein ständiges Neubewerten, ob und wie ich unter diesen Umständen noch hier arbeiten will und kann und wie ich das mit meiner Vorstellung der journalistischen Freiheit vereinbare.

Ein nicht zu vernachlässigender Faktor, der auf mich als Journalistin wirkt, ist auch die zunehmende Schwierigkeit, gesicherte Informationen zu bekommen. Die meisten Medien, die in Russland noch legal tätig sein dürfen, sind zu reinen Propagandakanälen verkommen. Diese verfolge ich zwar, um zu wissen, welche politischen Botschaften der Kreml an die Bevölkerung senden will. Von wahrhaftigen und gesicherten Informationen kann dabei aber keine Rede sein. Vor dem Einmarsch Russlands in die Ukraine konnte ich als Gegengewicht zu den Propagandakanälen auf eine ganze Reihe regierungsunabhängiger Expert:innen wie Ökonom:innen, Politolog:innen und Soziolog:innen zurückgreifen, die in Russland lebten und die für Hintergrund-Interviews zur Verfügung standen, in denen sie das kommentierten, was die offiziellen Staatsmedien nicht oder nur in Propagandamanier berichteten. Zudem gab es trotz der Behördenschikanen gegen unabhängige Journalist:innen einige hervorragende

Investigativreporter:innen und gut informierte und vernetzte Online-Medien in Russland.

Heute sind diese Medien in Russland verboten und können nur noch aus dem Ausland arbeiten, und so gut wie alle regierungsunabhängigen Expert:innen haben Russland verlassen. Sie stehen noch immer für Online-Interviews zur Verfügung, können allerdings die Lage in Russland nur noch von außen und nicht mehr von innen beurteilen, was ihre Analysen zuweilen weniger treff-sicher macht. Für mich als Journalistin und Beobach-terin der Entwicklungen innerhalb Russlands bedeutet das, dass ich immer mehr Fingerspitzengefühl brauche, um abzuwägen, auf welche Informationen ich für meine Analysen zurückgreifen kann. Oft hilft mir in Fall ei-nes „Informationsvakuums" die langjährige Erfahrung als Korrespondentin in Russland, um Entwicklungen einzuordnen.

Manchmal fühle ich mich ohnmächtig und hilflos. Ich muss zusehen, wie die politische Führung des Landes, dem ich mich verbunden fühle, in einem blutigen An-griffskrieg das Nachbarland auslöschen will. Ich muss zusehen, wie in diesem Land durch die politisch ge-steuerte Willkürjustiz Schicksale von Menschen durch jahrelange Haft zerstört werden, weil sie gegen den Krieg oder gegen das Regime aufgetreten sind. Ich habe Angst um Freund:innen in der Ukraine, deren Heimat-städte bombardiert werden. Ich habe auch Angst um russische Freund:innen und Bekannte, weil sie gegen ihren Willen an die Front geschickt werden könnten. Gegen all diese Entwicklungen kann ich als einzelner Mensch und als Journalistin nichts ausrichten. In solchen Momenten des Ohnmachtsgefühls hilft mir das Fokussieren auf meine unmittelbare Umgebung und meine unmittelbare Arbeit. Im Bewusstsein, dass ich allein keine Kriege beenden und keine autoritären Regime zum Umdenken bringen kann, möchte ich zumindest dort Einfluss nehmen, wo mir das möglich ist: im Kleinen, in meinem Umfeld. Dort bleibt immer Raum zum Gestalten, und sei er auch noch so klein. Dort kann ich versuchen, Menschen zu unterstützen, die Hilfe brauchen und als Journalistin wahrhaftig bleiben.

Ich spüre immer stärker, dass sich mein Zugang zur „Einflussnahme" im Laufe meines Lebens verändert hat. Als Jugendliche und junge Erwachsene wollte ich Dinge oder Umstände, die mir nicht gefielen, möglichst rasch und um jeden Preis „entfernen" oder verändern. Es fiel mir lange Zeit schwer zu akzeptieren, dass das schlicht nicht immer möglich ist. Heute fällt es mir leichter, Entwicklungen, die ich nicht beeinflussen kann, anzunehmen. Das bedeutet nicht, sie zu befürworten oder gar zu resignieren. Annehmen heißt für mich, meine Kraft nicht in Kämpfen zu vergeuden, die nicht zu gewinnen sind. Lieber fokussiere ich meine Energie und Kreativität auf die Bereiche, in denen ich trotz unveränderbarer

Umstände wirken kann. Das sind mein unmittelbares privates und berufliches Umfeld. Immer öfter mache ich die Erfahrung, dass das Akzeptieren von nicht Veränderbarem neue Räume und neue Ideen für das Wirken im Kleinen ermöglicht.

26. Juni 2024, Nachtrag

An diesem Tag gerät meine journalistische und private Welt aus den Fugen. Ich werde ins russische Außenministerium in Moskau vorgeladen. Es ist jene Behörde, die für die Zulassung ausländischer Journalist:innen zuständig ist. Zwei Beamte teilen mir mit, dass ich per sofort in Russland nicht mehr journalistisch tätig sein darf und dass ich nach Ablauf meines Pressevisums in wenigen Wochen das Land verlassen muss. Die Beamten begründen meinen Rauswurf aus Russland mit einem politischen Vergeltungsschlag gegen Österreich. Wenige Tage zuvor haben die österreichischen Behörden der Büroleiterin einer staatlichen russischen Nachrichtenagentur in Wien mitgeteilt, dass sie Österreich verlassen muss. Sie und ihr russischer Korrespondentenkollege, der Österreich schon kurz davor verlassen musste, werden von den österreichischen Behörden der Spionage verdächtigt.

Für mich kommt die Mitteilung, Russland verlassen zu müssen, nicht völlig unerwartet. Ich bin schon eine Zeitlang darüber informiert, dass Österreich russische

Journalist:innen des Landes verweisen könnte. Weil bekannt ist, dass Russland auf solche Ausweisungen stets „spiegelgleich" antwortet, wusste ich, dass die diplomatische Vergeltung Russlands auch mich treffen könnte. Trotzdem habe ich diesen Gedanken lange nicht an mich herangelassen, er war zu schwer zu ertragen. Jetzt, wo dieses Damoklesschwert niedersaust, ist es ein Schock für mich. Ich darf von einem Moment auf den anderen meine geliebte und für mich so wichtige Arbeit als Korrespondentin nicht mehr ausführen. Ich muss Russland, das seit vielen Jahren zu meiner Wahlheimat geworden ist, verlassen. Ohne dass ich mir etwas habe zuschulden kommen lassen und ohne, dass ich etwas dagegen tun kann. Ich fühle mich als ohnmächtiges Opfer internationaler Konfrontation und der unfairen Maschinerie eines Unrechtsstaats.

Doch schon bald beobachte ich mit Erstaunen, dass der Schock und das Ohnmachtsgefühl abklingen und etwas anderem Platz machen: dem Wunsch, nach Möglichkeiten zu suchen, Russland verbunden zu bleiben und nicht aufgeben zu müssen, was ich mir in all den Jahren hier aufgebaut habe, von menschlichen Beziehungen über journalistische Kontakte bis hin zu einem großen Erfahrungs- und Informationsschatz. Da ich keine russischen Gesetze verletzt habe, darf ich auch nach meiner bevorstehenden Ausweisung weiterhin nach Russland reisen, nur eben – zumindest auf absehbare Zeit – nicht als

Journalistin. Diese Aussicht, nicht für immer aus Russland „ausgesperrt" zu sein, hilft mir, zum für mich so wichtigen Gefühl der Selbstbestimmung zurückzufinden. Die Handlungen der russischen Behörden kann ich nicht beeinflussen, wohl aber, wie ich darauf reagiere. Ich kann in der ungerechtfertigten Ausweisung einen unerträglichen Schock sehen, oder aber eine Möglichkeit, meinen beruflichen und privaten Weg neu zu gestalten und zu erweitern. Im Moment sehe ich meine unmittelbaren Zukunftspläne noch nicht klar, ich muss meine Gedanken zuerst ordnen und werde dafür eine kurze Auszeit nehmen. Aber eines weiß ich: Mein Weg wird weiter mit Russland zu tun haben und ich werde in diesem Land auch zumindest zeitweise physisch präsent bleiben – als jene Grenzen überwindende „Brücke", die ich schon als Kind sein wollte. Ich bin neugierig, wie dieser Weg aussehen wird.

Es gibt kein Rezept für Einflussnahme – ein polyphones Plädoyer

Liebe Leser:innen,

wir haben Ihnen in diesem Buch dargestellt, wie wir fünf als unterschiedliche Menschen mit unterschiedlichen Berufen und Biografien Einfluss nehmen und welche Überlegungen uns dabei leiten. Mit diesem mehrperspektivischen Zugang drücken wir aus, dass es kein „Rezept" für Einflussnahme gibt, dass jede:r von uns aus einer vielleicht erlernten Ohnmacht heraus erst die eigene Form der Einflussnahme finden muss. Diese individuelle Form der Einflussnahme hat viel damit zu tun, dass wir empathische, fühlende Wesen sind und unseren Erfahrungen und Wahrnehmungen entsprechend handeln.

Die Arbeit an diesem Buch hat uns Autor:innen verändert. Wir haben uns regelmäßig darüber ausgetauscht, wo wir gerade erleben, dass wir Einfluss haben und in welchen Aspekten wir uns ohnmächtig fühlen. Dieser Austausch hat uns alle nachdenklich gemacht. Wir dachten über unsere Tätigkeiten nach und stellten uns der Frage, was wir als einzelne Menschen im Rahmen unseres Berufs bewirken können.

Wir haben erfahren, dass wir immer wieder zwischen Macht und Ohnmacht balancieren. Und dass es wichtig ist, nicht nur eine Seite dieses Balanceakts zu bedienen. Gleichgewicht zu halten bedeutet, hin und her gehen zu können. Wir erkannten, dass es sinnvoll ist, mit liebevollem Blick auf unsere Tätigkeiten zu schauen – das ist der Blick, der uns bestätigt, dass wir selbstwirksam sind. Dieses Gefühl der Selbstwirksamkeit gibt uns die Sicherheit, immer wieder zu versuchen, Einfluss zu nehmen, und dann noch einmal und noch einmal.

Die Erfahrung der Ohnmacht kennen wir alle, dieses Sich-klein-Fühlen. Dieses Gefühl, nichts bewirken zu können, dass zum Beispiel Entscheidungen über unseren Kopf hinweg getroffen werden. Wir Autor:innen haben erkannt, dass es um unsere Präsenz geht und dass diese bewusste Entscheidung, ob wir in bestimmten Situationen Einfluss nehmen oder nicht, uns zu Menschen macht und uns das Gefühl gibt, wirklich da zu sein, als Menschen.

Vom Beginn unseres Lebens an treten wir als soziale Wesen mit den Menschen in unserer Umgebung in eine Beziehung. Wir sind eingewoben in unser Umfeld, wir wirken auf andere Menschen und sie auf uns. Wir beeinflussen uns gegenseitig, unabhängig vom Alter und von der sozialen Position und manchmal, ohne uns dessen bewusst zu sein. Wir nehmen ständig Einfluss, im beruflichen, privaten und sozialen Umfeld, ob wir nun wollen oder nicht. Vielleicht erleben wir uns dabei als selbstwirksam und sinnstiftend, vielleicht aber auch als hilflos und ohnmächtig.

Wir Autor:innen haben uns Gedanken darüber gemacht, wie ein wertschätzendes Miteinander und konstruktive Einflussnahme – ohne Übergriffigkeit bzw. ohne die Grenzen anderer zu verletzen – stattfinden kann und vielleicht auch stattfinden muss. In unserem beruflichen Tun geht es nicht nur darum, unserem Professionalitätsanspruch gerecht zu werden, sondern (vielmehr) auch darum, unseren ideellen Vorstellungen zu folgen.

Unsere inneren Überzeugungen und Haltungen sind ein starker Antrieb für unsere individuellen Formen der Einflussnahme. Auch wenn diese nicht immer zum unmittelbaren Erfolg führen, müssen wir lernen, uns in unveränderbaren Situationen nicht von Ohnmachtsgefühlen beherrschen zu lassen. Aus unserer Sicht geht es darum, Ideen und Überlegungen, auch wenn sie noch so chancenlos wirken, wahrzunehmen und auszudrücken.

Dieses Recht jedes Menschen, sich selbst auszudrücken, ist nicht nur unabdingbar für die Gestaltung des eigenen Lebenswegs, sondern gehört für uns zu den wesentlichen Grundrechten, ist die Basis von Demokratie.

Wir leben in hochkomplexen, dynamischen Zeiten. Deshalb erscheint es uns wichtig, dass wir als Einzelne und als Gesellschaft lernen, ins Ungewisse „hineinzuexperimentieren". Einfluss zu nehmen bedeutet für uns also, im Handeln zu bleiben, auch wenn der Ausgang unserer Vorhaben ungewiss ist. Oft dominiert die Angst vor dem Scheitern, da wir in einer Gesellschaft mit mangelnder Fehlerkultur leben. Wenn Fehler passieren, werden Schuldige gesucht, anstatt diese Fehler als Lern- und Wachstumsmöglichkeit zu sehen. Weil diese gesellschaftliche „Schuldfrage" oft wie ein Damoklesschwert über uns hängt, geben viele die Verantwortung für nötiges Handeln und Entscheidungen an „Expert:innen" ab, was die eigene Initiative lähmt. Dabei lernen wir Menschen von Beginn unserer Existenz an durch eine Art Hineinexperimentieren ins Ungewisse.

Uns Autor:innen ist wichtig, dass Einflussnahme – beispielsweise in Beratungssituationen, in Begegnungen unterschiedlicher Wissensstände der Beteiligten oder aus Führungspositionen heraus – immer nur unter Wahrung einer selbstreflektierten Haltung stattfindet, um die Gefahr der Übergriffigkeit und Dominanz möglichst zu reduzieren. Es sollte uns bewusst sein, dass

Einflussnahmen jeglicher Art die „Beeinflussten" in Situationen bringen können, die für diese ungewohnt oder auch schwierig sein können.

Als Einflussnehmende sollten wir uns unserer Verantwortung gegenüber den Empfänger:innen bewusst sein, daher sollte unser Handeln von Feinfühligkeit, Resonanz und Aufmerksamkeit für andere getragen sein. Die Intention unserer Einflussnahme macht einen wesentlichen Unterschied.

Trotz all dieser möglichen Nebenwirkungen der aktiven Einflussnahme, die im ersten Moment vielleicht abschreckend wirken, sind wir Autor:innen uns einig, dass wir gerade heute, in einer von Krisen und Unsicherheiten geschüttelten Welt, den Mut haben müssen, Einfluss zu nehmen, um aktiv unsere Gesellschaft zu gestalten. Globale Krisen können wir durch individuelles Handeln nicht rasch lösen, trotzdem können wir in unserem unmittelbaren Umfeld wirken. Es gibt zwar keine allgemeingültige Messlatte für unsere Einflussnahme. Wir können aber in den Spiegel schauen und uns fragen, ob wir uns ausreichend eingebracht haben, ob wir das, was wir (mit-)gestalten möchten, auch erreichen oder zumindest versuchen zu erreichen.

Wir haben reflektiert, dass jeder Prozess der Einflussnahme etwas mit uns selbst macht, dass er sozusagen auf uns selbst zurückwirkt, uns im besten Fall stärkt und gleichzeitig in die Richtung unserer Intention wirkt. Für uns ist es aber wichtig, dass wir uns nicht zu stark mit unserer Einflussnahme identifizieren, dass wir uns nicht am eigenen Einfluss berauschen. Andernfalls besteht die Gefahr, das Gefühl für die Grenzen anderer zu verlieren und diese schließlich zu dominieren und zu manipulieren.

Es geht darum, mit Mut, aber auch mit Bescheidenheit und Demut das zu tun, was wir für richtig halten und was unseren Werten entspricht. Dadurch stiften wir Sinn in unserem Leben, unabhängig davon, ob unser Handeln sofort die gewünschte Wirkung zeigt oder nicht.

Dabei wünschen wir auch Ihnen alles Gute!

Johanna Knaus, Simon Mraz, Sabine Pelzmann,
Florian Schlemmer und Carola Schneider

Danke

Auch Landschaften und Orte haben einen Einfluss.

Für die Entstehung dieses Buches hat der Wörthersee eine große Rolle gespielt.

Die ersten Ideen zu diesem Buch haben wir in einem Kaffeehaus in Pörtschach direkt am Wörtherseeufer nach einem langen Gespräch auf eine Serviette gekritzelt.

Immer wieder haben wir Autor:innen uns zu online-gestützten Gesprächen getroffen. Und jedes dieser Gespräche hat uns tiefer in die Frage hineingeschubst, was wir eigentlich tun und wo die Wirkungen unseres Tuns liegen. Am Wörthersee haben wir ein Wochenende damit verbracht, über unseren Einfluss und unsere Ohnmacht zu sprechen und sind inspiriert aus diesem Dialog hervorgegangen, uns zu erlauben, unseren Einfluss zu leben und uns einzubringen!

Anmerkungen

Johanna Knaus

1   Nerdinger, F.W. (2019). Führung von Mitarbeitern.
     In F. W. Nerdinger, G. Blickle & N. Schaper (Hrsg.), *Arbeits-
     und Organisationspsychologie* (S. 95-118). Springer.
     https://doi.org/10.1007/978-3-662-56666-4_7

2   Nerdinger, F.W. (2019). Dienstleistungstätigkeiten.
     In F. W. Nerdinger, G. Blickle & N. Schaper (Hrsg.), *Arbeits-
     und Organisationspsychologie* (S. 629-648). Springer.
     https://doi.org/10.1007/978-3-662-56666-4_30

3   Kauffeld, S., Ianiro-Dahm, P.M. & Sauer, N.C. (2019).
     Führung. In S. Kauffeld (Hrsg.), *Arbeits-, Organisations- und
     Personalpsychologie für Bachelor* (S. 105-138). Springer.
     https://doi.org/10.1007/978-3-662-56013-6_5

4   Lubienetzki, U. & Schüler-Lubienetzki, H. (2020). *Lass uns
     miteinander sprechen*. Springer.
     https://doi.org/10.1007/978-3-662-61829-5_2

5   Nerdinger, F.W. (2019). Dienstleistungsqualität und Kunden-
     zufriedenheit. In F. W. Nerdinger, G. Blickle & N. Schaper
     (Hrsg.), *Arbeits- und Organisationspsychologie* (S. 649-666).
     Springer. https://doi.org/10.1007/978-3-662-56666-4_31

6   Lubienetzki, U. & Schüler-Lubienetzki, H. (2020). *Lass uns
     miteinander sprechen*. Springer.
     https://doi.org/10.1007/978-3-662-61829-5_2

Simon Mraz

7   Die Organisation von Kulturdiplomatie ist von Land zu Land
     verschieden organisiert. Die Schweiz, Ungarn etwa, oder
     Deutschland haben eigene Stiftungen, die dieses Arbeitsfeld
     betreuen, in anderen Ländern wie etwa Österreich obliegt
     Kulturdiplomatie direkt den Außenministerien und wird in
     diesen von einer eigenen Fachsektion betreut.

8   Herzstück der österreichischen Auslandskultur ist ein Netz-
     werk von 30 Kulturforen, die physische Anlauf- und Orga-
     nisationsstellen österreichischer Kulturdiplomatie sind. Sie
     helfen österreichischen Künstler:innen und Kulturinstituti-
     onen mit deren Anliegen in den jeweiligen Gastländern und
     verfügen über kulturelle und künstlerische Netzwerke, die
     sie pflegen und ausbauen und in den Dienst der kulturellen
     Sache stellen. Darüber hinaus eröffnen sie österreichischen
     Künstler:innen vor Ort aktiv Perspektiven und organisieren
     spannende und vielfältige Programme.

9   traditionsreiches Auktionshaus in Wien

Sabine Pelzmann

10   H. Willke (1989): Systemtheorie entwickelter Gesellschaften:
     Dynamik und Riskanz moderner Selbstorganisation, S. 96f,
     Weinheim, München: Juventa

11   E.U. von Weizsäcker, A. Wijkman (2018): Come on!
     Capitalism, shorttermism, population and the distraction of
     the planet. New York: Springer Science+Business Media

12   G. R. Bushe, R.J. Marshak (2015): Dialogic organization
     development. Berret Koehler. San Francisco

13   D. Keltner (2016): Das Machtparadox. Campus Verlag,
     Frankfurt/New York, 2016

14 C. O. Scharmer (2009): Theorie U – Von der Zukunft her führen, Carl Auer Verlag

15 M. Göpel (2016): The Great Mindshift: How a New Economic Paradigm and Sustainability Transformations go Hand in Hand. Cham: Springer

16 U. Schneidewind (1998): Die Unternehmung als struktur-politischer Akteur: kooperatives Schnittmengenmanagement im ökologischen Kontext. Marburg: Metropolis

17 H. Rosa (2016): Resonanz. Eine Soziologie der Welt-beziehung, Suhrkamp, Berlin, 2. Auflage 2016

18 C. O. Scharmer (2009): Theorie U – Von der Zukunft her führen, Carl Auer Verlag

Florian Schlemmer

19 Im Bemühen um Ausgewogenheit zwischen geschlechterge-rechter Schreibweise und Lesbarkeit wird beim Begriff Arzt bzw. Ärztin, abweichend von der ansonsten in diesem Band verwendeten Schreibweise mit Doppelpunkt („Patient:in"), abwechselnd die männliche und die weibliche Form verwendet.

20 Bei diesem integrativen medizinischen Ansatz, 1977 formu-liert durch den amerikanischen Internisten und Psychiater George L. Engel, werden die biologischen, psychologischen, soziologischen sowie ökologischen Aspekte des Gesund- und Krankseins gleichermaßen diagnostisch erfasst und in die Diagnostik und Behandlung einbezogen.

21 Hermann Schmitz (2014): Kurze Einführung in die Neue Phä-nomenologie, Freiburg/München: Verlag Karl Alber, 4. Auflage.

22 Gerald Hüther (2018): Würde. Was uns stark macht – als Einzelne und als Gesellschaft, München: Albrecht Knaus Verlag, 5. Auflage.

23 Gerald Hüther & Robert Burdy (2022): Wir informieren uns zu Tode – Ein Befreiungsversuch für verwickelte Gehirne, Freiburg im Breisgau: Herder Verlag.

Die Autor:innen

Foto © Andreas Hofer

Johanna Knaus

ist Psychologin und Werberin. Sie hat nach ihrem Studium in Wien und Cagliari als Kundenberaterin in einer Werbeagentur begonnen und in über 15 Jahren einige der größten Marken Österreichs betreut. Neben Kommunikation in all ihren Facetten zählen auch Führungstheorien und Teamprozesse zu ihren Interessensschwerpunkten. Nachdem sie zuletzt in führender Position für die erfolgreiche Umsetzung von Werbekampagnen verantwortlich war, bringt sie ihre Expertise nun in selbstständiger Tätigkeit in verschiedenen Agenturen ein.

Foto © Vera Undritzkova

Simon Mraz

stolperte im Jahr 2009 in die Position des Leiters des österreichischen Kulturforums in Moskau, einer Stelle, die seit den späten 1970er Jahren ein wichtiger Platz kulturellen und künstlerischen Austauschs war und ist. Aus einem Provisorium von zunächst acht Monaten sollten zwölf Jahre russisch-österreichische Kulturdiplomatie werden. Kulturarbeit als Auseinandersetzung, Begegnung, aber auch im Spannungsfeld von Einflussnahme, Vereinbarung, Vertrauensbildung, künstlerischer Freiheit.

Nach einer Reihe von international Aufsehen erregenden russisch-österreichischen Kunstprojekten kehrte Mraz 2021 nach Österreich zurück, um sich seit dem Beginn der russischen Invasion in der Ukraine in der Unterstützung von Künstler:innen aus den von der imperialistischen Politik betroffenen Ländern zu engagieren.

Foto © Christian Jungwirth

Sabine Pelzmann

ist Unternehmensberaterin, Agrarökonomin, Lehrsupervisorin und Bildhauerin. Sie begleitet organisatorische Veränderungsprozesse und entwickelt reflexive Leadershipprogramme. Sie lehrt Systemtheorie und Organisationsentwicklung und hat über 25 Jahre Beratungserfahrung in Expert:innenorganisationen. Studium der Landwirtschaft an der Universität für Bodenkultur,

Studien in Supervision, Organisationsentwicklung und Management, Ausbildungen in prozessorientierter und transpersonaler Psychologie. Sabine Pelzmann arbeitet vorwiegend in Österreich, hat jedoch auch Beratungserfahrung in Italien, in der Schweiz, in Dänemark, den USA, in Georgien und in der Ukraine.

Foto © privat

Florian Schlemmer,

geboren in Wien, ist Facharzt für Kinder- und Jugendheilkunde in Hallein. Zusatzausbildung in neonatologischer und pädiatrischer Intensivmedizin, psychosozialer und psychosomatischer Medizin, zuletzt angestellt als Oberarzt an der Abteilung für Kinder- und Jugendheilkunde des LKH Villach/Kärnten, seit 2016 niedergelassen in Hallein/Salzburg; Entwicklungsarbeit in Uganda sowie Guatemala, langjährige Meditationserfahrung sowie Beschäftigung mit transkonfessioneller Spiritualität, laufende Teilnahme an Kursen der Transpersonalen Psychologie/Psychotherapie, verheiratet, zwei Töchter.

Carola Schneider

ist österreichische Journalistin und arbeitet seit mehr
als zwei Jahrzehnten als Auslandskorrespondentin für den
ORF. Dolmetsch- und Überset-
zerstudium an der Universität
Innsbruck. Zunächst Redakteurin im Landesstudio
Vorarlberg, ab 2001 ORF-Korrespondentin in Paris;
2003–2011 in Zürich; 2012–2021 und von 2023 bis Juli
2024 Leitung des ORF-Korrespondentenbüros in
Moskau. Carola Schneider ist zudem als freie Autorin
und Gastrednerin aktiv, Ausbildungen in Digitalem
Journalismus, transpersonaler Psychologie, Ayurveda
und Yoga-Therapie. Buchveröffentlichungen: „Mein
Russland. Begegnungen in einem widersprüchlichen
Land" (2017 bei Kremayr und Scheriau).

www.kremayr-scheriau.at

ISBN 978-3-218-01440-3
Linolschnitt, Schutzumschlaggestaltung,
typografische Gestaltung und Satz: Sheila Ehm
Reihen-Konzept: Stefanie Jaksch im Verlag Kremayr & Scheriau
Lektorat: Paul Maercker
Herstellungsleitung: vielseitig.co.at
Druck und Bindung: Finidr, s.r.o., Czech Republic